LAS TIBIAS CRUZADAS

Título original: *The Crossbones*
Publicado por acuerdo con Scholastic Inc.
557 Broadway, Nueva York, NY 10012, USA
Negociado a través de la Agencia Literaria
Ute Körner, S. L., Barcelona
www.uklitag.com
Todos los derechos reservados
© 2010 PC Studio, Inc.
Ilustraciones: Joshua Pease y Squire Broel
Diseño: Christopher Stengel
Adaptación de diálogos y dirección: Jaime Roca
Grabación y mezclas: Robinaudio
Voces: Diana Torres, Eugenio Barona y Adolfo Pastor

© 2011 Grupo Editorial Bruño, S. L.
Juan Ignacio Luca de Tena, 15
28027 Madrid
www.brunolibros.es
Dirección editorial: Trini Marull
Traducción: Begoña Hernández Sala
Edición: María José Guitián
Preimpresión: Alberto García
Diseño de cubierta: Christopher Stengel

ISBN: 978-84-216-8659-1
Depósito legal: M-36.722-2011
Impreso en: Huertas Industrias Gráficas, S. A.

PATRICK CARMAN

LAS TIBIAS CRUZADAS

Bruño

Para J. T., Josh y Ben. Sin vosotros, habría sido imposible contar la historia de Ryan.

Gracias en especial a David Levithan, Jeffrey Townsend, Joshua Pease, Benjamin Apel y Eric Rhode.

LUNES, 20 DE JUNIO, MEDIANOCHE

Hace un par de días pasé junto a un coche que no había visto nunca. El propietario había puesto, algo torcida, una pegatina azul con mensaje en el parachoques trasero.

Que estés paranoico no significa que la gente no vaya de verdad a por ti.

No he leído una afirmación más cierta en toda mi vida.

LUNES, 20 DE JUNIO, 12.03 A.M.

ESTOY SEGURO DE QUE ALGO O ALGUIEN VA A POR MÍ. SEA LO QUE SEA, ESCAPÓ DE LA DRAGA Y ESTÁ POR EL MUNDO.

ANDA SUELTO, ESTÁ FURIOSO Y ME ESTÁ BUSCANDO.

TENGO LA MALA COSTUMBRE DE DEJAR QUE PENSAMIENTOS COMO ESE INVADAN MI MENTE EN PLENA NOCHE.

QUIERE ATRAPARME.

HUBO UN TIEMPO EN QUE CREÍ QUE PENSABA CONTINUAMENTE EN COSAS HORRIBLES PORQUE LEÍA Y ESCRIBÍA DEMASIADAS HISTORIAS DE TERROR (NOTA PARA MÍ MISMO: EMPIEZA A ESCRIBIR SOBRE CONEJITOS Y UNICORNIOS). LA LÓGICA ERA BASTANTE SENCILLA: YO LEÍA SOBRE ZOMBIS Y, POR LO TANTO, SOÑABA CON MUERTOS VIVIENTES A LOS QUE SE LES CAÍAN LOS BRAZOS. ESCRIBÍA RELATOS SOBRE CRIATURAS ESPECTRALES, POR LO QUE ERA NATURAL QUE IMAGINARA QUE HABÍA ALGO HORRIPILANTE CON UNA MOTOSIERRA AL OTRO LADO DE MI VENTANA.

ESTÁ MUY BIEN QUE AHORA SEA MAYOR. SOY MÁS SABIO. TENGO MEJOR SENTIDO DEL HUMOR. PUEDO

2

MANEJAR CUALQUIER COSA QUE SE CRUCE EN MI CAMINO.

PERO ESTO ES <u>REAL</u>, Y PUEDO DEMOSTRARLO.

VAIS A VERLO. <u>CONSEGUIRÉ</u> QUE LO VEÁIS.

SE ME ACABA DE OCURRIR UNA HISTORIA MALSANA SOBRE UN GIGANTESCO CONEJO ROJO Y UN UNICORNIO TUERTO.

UN MOMENTO.

Vale, ya estoy de vuelta. Y deprimido. En ocasiones, la IDEA para escribir una historia es muchísimo mejor que la propia historia. Ese ha sido el caso con el unicornio tuerto que se enfrentaba encarnizadamente al hombre-conejo de dos metros de altura. Por otra parte, el humor negro es como medicina negra para mis miedos. Evita que me ponga a gritar en las solitarias horas nocturnas.

Continuemos...

En primer lugar, creo que debería resumir cómo me metí en este lío. Como mínimo, es una buena práctica narrativa.

Primero, la versión de ocho palabras:
Asediado por fantasma, descubrimiento de oro, pueblo salvado.

Y luego la versión ligeramente ampliada y muchísimo más útil:

4

Sarah, mi mejor amiga, y yo descubrimos la presencia de un fantasma en el bosque. El fantasma se llamaba Joe Bush y era real. El bosque albergaba una draga abandonada, la cual estaba habitada por el fantasma y protegida por una sociedad secreta llamada las Tibias Cruzadas. Mi padre era miembro de las Tibias Cruzadas, aunque me sigo cuestionando cuánto sabía en realidad. Cierto individuo al que no voy a nombrar (su nombre está prohibido en Skeleton Creek) se tomó muchísimas molestias para mantener a la gente alejada de la draga. Llegó tan lejos como para encarnar al fantasma del viejo Joe Bush, y yo estoy convencido de que tantos esfuerzos lo volvieron loco. Después de mucho investigar y de una grave lesión, Sarah y yo desentrañamos la razón por la que la draga estaba tan protegida: en los tablones del suelo había oro por valor de cuarenta millones de dólares. A Sarah y a mí nos reconocieron el mérito de hallar aquel escondrijo olvidado desde hacía mucho, y nos perdonaron varias transgresiones, como mentir, escaparnos a

ESPALDAS DE NUESTROS PADRES, ACTUAR COMO ADOLESCENTES TEMERARIOS Y CASI ACABAR MUERTOS. AHORA EL FANTASMA DEL VIEJO JOE BUSH YA NO ESTÁ. CON ÉL SE LLEVÓ AL IMPOSTOR Y A LAS TIBIAS CRUZADAS.

NO SÉ POR QUÉ ESTOY ESCRIBIENDO TODO ESTO A LA UNA DE LA MADRUGADA. CREO QUE EL FANTASMA DEL VIEJO JOE BUSH PODRÍA ESTAR EN EL CAMINO QUE CONDUCE A MI CASA SOPESANDO SUS OPCIONES: ¿ARRANCAR LA PUERTA PRINCIPAL DE SUS OXIDADOS GOZNES? ¿O ATRAVESAR SILENCIOSAMENTE LAS PAREDES Y ABALANZARSE SOBRE MI CAMA?

VOY A CERRAR LOS OJOS.

PUEDO HACERLO. PUEDO DORMIRME. PUEDO DIRIGIR MIS PENSAMIENTOS HACIA OTRA COSA QUE NO SEA EL FANTASMA DEL VIEJO JOE BUSH.

ESTOY PENSANDO EN CONEJITOS FELICES.

LUNES, 20 DE JUNIO, 9.00 A.M.

Siempre me siento mejor por las mañanas, como si la luz del día inmovilizara mis temores bajo un montón de tierra. Al menos estarán enterrados hasta que caiga la noche.

Es verano oficialmente, tengo un poco de dinero en efectivo, y me encantan los huevos y las croquetas de patata y cebolla. Todo eso me ha sacado de mi habitación para meterme en un reservado de la cafetería de Main Street. He vaciado mis bolsillos sobre la desgastada mesa verde y he evaluado mi patético estado financiero: doce dólares y cincuenta centavos. Y no tendré otra inyección de pasta hasta el viernes.

¿Cómo puedo tener un gigantesco montón de dinero en el banco y estar tan pelado al mismo tiempo?

Buena pregunta.

El pueblo se quedó con la mayor parte del oro que Sarah y yo encontramos, lo cual es justo, supongo. ¿Y lo injusto? Que el oro que ME correspondía se colocó en un fondo fiduciario.

7

No puedo tocarlo hasta que cumpla los dieciocho, o sea, dentro un millón de años.

Y técnicamente eso significa que mi estatus social ha <u>DESCENDIDO</u> desde que salvé al pueblo de la ruina. En Skeleton Creek todo el mundo conduce una camioneta nueva, hace reformas en casa o está metiendo un televisor enorme por la puerta principal. Y un buen número de personas están haciendo las tres cosas a la vez.

La fiebre derrochadora es cortesía del alcalde Blake, que nunca ha movido un dedo por hacer nada, aparte de abrir una lata de Pepsi. Le entregó a cada familia, incluida la mía propia, cien mil dólares. Lo llamó "incentivo", y animó a todo el mundo a fundírselo tan deprisa como fuera posible. Una cosa sobre el alcalde Blake: se le da bien lanzar proclamas y exaltar a la gente. Tanto si se trata de transformar la draga en una atracción como de construir un nuevo centro de visitantes, el tipo puede hablar incansablemente. Al final, los vecinos se quedan confundidos con tanta cháchara y acaban haciendo cosas absurdas (como gastar mil dólares en un abrir y cerrar de ojos).

Incluso después de darnos a Sarah y a mí más pasta que a los demás, seguían quedando más de diez millones. Muchos forasteros están trabajando para el alcalde, a ver si deciden cómo emplearlos, y la población ha aumentado de setecientos a setecientos catorce, un cambio tras décadas en la dirección inversa.

Sentado en la cafetería, dando sorbos a una taza de café frío, mis pensamientos han vuelto a Sarah. Solíamos iniciar los veranos planeando en qué líos íbamos a meternos.

Pero eso va a ser un reto esta vez, porque ahora Sarah no está.

Imagino que sus padres vieron el dinero como un billete para salir de Skeleton Creek, pues el mismo día que los cheques abandonaron el despacho del alcalde, ellos pusieron su casa en venta. No sé, supongo que no puedo culparlos. Esto sigue siendo un pueblo de mala muerte, y Sarah y yo no les dimos demasiadas razones para quedarse aquí. Que casi te maten junto con tu mejor amigo es como agitar un trapo rojo delante de un toro. No me sorprendería que el

PADRE DE SARAH Y EL MÍO HUBIESEN MANTENIDO UNA REUNIÓN SECRETA.

MI PADRE: "UNO DE NOSOTROS TENDRÁ QUE MUDARSE ANTES DE QUE NUESTROS HIJOS ACABEN MUERTOS".

EL PADRE DE SARAH: "YO TENGO FAMILIA EN BOSTON. PODRÍA ENCONTRAR TRABAJO ALLÍ".

MI PADRE: "A MÍ ME GUSTARÍA ABRIR UNA TIENDA DE MOSCAS PARA PESCAR, Y CONVERTIRLA EN UN NEGOCIO RENTABLE".

EL PADRE DE SARAH: "HABLARÉ CON MI ESPOSA".

ESTOY CONVENCIDO DE QUE FUE ASÍ COMO SUCEDIÓ, Y A ESO LE SIGUIÓ UN POSTE CON EL LETRERO DE SE VENDE CLAVADO EN EL SUELO, DELANTE DE LA CASA DE SARAH.

CON SARAH LEJOS, LAS COSAS CAMBIARON. NOS MANDÁBAMOS CORREOS ELECTRÓNICOS Y HABLÁBAMOS A TRAVÉS DE INTERNET, PERO LOS MENSAJES ACABARON REDUCIÉNDOSE A UNAS POCAS LÍNEAS.

TRES MESES DESPUÉS DE SU MARCHA, SARAH ME ENVIÓ UN MENSAJE QUE PARECÍA EL PRINCIPIO DEL FIN.

Hola, Ryan:

Este verano haré un curso de cine en la Universidad de California, así que estaré otra vez la Costa Oeste al menos una semana. Jamás pensé que escaparía de Skeleton Creek. Sé lo que se siente al estar allí.

Sal de ahí o te morirás; ese es mi consejo.

S.

Esa era justo la clase de correo que no necesitaba. Sarah no solo había escapado de Skeleton Creek dejándome atrás, sino que, para empeorar las cosas, sentía lástima de mí. "¿Sal de ahí o te morirás?". Uf, fue como un leñazo en toda la cara. Me dolió.

Aun así, sigo echándola de menos. Ella llenaba mucho espacio, y ese espacio se ha quedado vacío.

Probablemente ese sea el motivo de que el verano me parezca tan absurdo. Nuestros planes nunca eran realmente NUESTROS planes. Eran los planes DE SARAH.

No tengo ni idea de qué hacer conmigo mismo con todo el verano por delante. Tengo la persistente sensación de que solo una cosa podría volver a unirnos de nuevo.

Nuestra amistad siempre ha estado fundamentada en la emoción del peligro y los secretos. Incluso cuando éramos unos críos, no hacíamos más que escaparnos a hurtadillas. Skeleton Creek estaba lleno de paletos, y nuestra tarea consistía en dejarlos en la cuneta.

Tengo la impresión de que esos días han terminado.

A menos que ocurra algo.

A menos que lo que nos separó sea, al final, lo bastante poderoso como para volver a reunirnos.

A menos que el fantasma del viejo Joe Bush regrese.

LUNES, 20 DE JUNIO, 9.40 A.M.

Sé que es descabellado.

El fantasma se ha ido. Todo el mundo dice que el fantasma se ha ido.

Pero si es así, ¿por qué todavía noto su presencia?

Si ha desaparecido, ¿cómo es que sé que todavía está aquí?

13

LUNES, 20 DE JUNIO, 9.45 A.M.

Lo juro; la camarera ha intentado echar un vistazo por encima de mi hombro.

Estoy harto de sentirme vigilado.

Un segundo.

LUNES, 20 DE JUNIO, 9.49 A.M.

La draga sigue estando en el bosque, igual que siempre, y yo jamás voy por allí. A los turistas parece gustarles; eso es lo que impulsó al alcalde a promover la idea de una atracción, de una especie de casa encantada. Yo creo que es una idea espantosa y lo he dicho, pero ¿quién va a escuchar a un chico de dieciséis años, aunque haya salvado el pueblo?

Una taza de café recién hecho y aún me queda algo de tiempo antes de ir a abrir la tienda de moscas. Debería bastarme para tratar lo más importante que me llevé de la draga aquella noche. No fueron los montones de oro que encontramos ocultos en los tablones del suelo, escondidos en secreto por Joe Bush mucho antes de que se enganchara en los engranajes y acabara ahogándose en el agua. No; era algo mucho más pequeño e infinitamente más peligroso.

Lo último que Sarah grabó en la draga fue un plano del suelo. Si miráis ese vídeo, veréis lo mismo que vio todo el mundo: un sobre. Es uno de los grandes misterios de la draga, y uno de

LOS MOTIVOS POR LOS QUE LA GENTE CREE QUE SIGUE EMBRUJADA. PORQUE ¿QUERÉIS SABER UNA COSA? NADIE HA LOGRADO ENCONTRAR ESE SOBRE. ES COMO SI NUNCA HUBIERA EXISTIDO.

LA GENTE ME PREGUNTA POR EL SOBRE DE VEZ EN CUANDO. YO ME LIMITO A ENCOGERME DE HOMBROS Y SACUDIR LA CABEZA.

YA NO ME APETECE SEGUIR MINTIENDO.

PERO TAMPOCO ME APETECE DECIR: "¿EL SOBRE? SÍ, LO TENGO YO. BUENO, ALGUIEN TENÍA QUE ECHARLE EL CIERRE A ESTA PESADILLA".

DE MODO QUE SÍ, YO COGÍ EL SOBRE. EN MEDIO DE LA CONFUSIÓN DE AQUELLA NOCHE, ME LO GUARDÉ EN EL BOLSILLO Y NO SE LO DIJE A NADIE, NI SIQUIERA A SARAH. LUEGO LO ESCONDÍ EN EL FONDO DE UNO DE LOS CAJONES DE MI ESCRITORIO E INTENTÉ OLVIDARLO. PENSABA QUE TAL VEZ —SOLO TAL VEZ—, SI NO RECONOCÍA SU EXISTENCIA, EL SOBRE CARECERÍA DE PODER. SE QUEDARÍA ALLÍ METIDO Y SE PUDRIRÍA COMO EL CORAZÓN DE UNA MANZANA.

PERO NO SE PUDRIÓ. EN VEZ DE ESO, FLORECIÓ EN MI IMAGINACIÓN, Y AL CABO DE UN MES YA NO PUDE RESISTIR DEJARLO DONDE ESTABA. COMO LA voz distante y hueca de los no muertos que se oculta bajo los viejos tablones del suelo, aquel pavoroso objeto no se quedó callado.

"¿Qué hay dentro?", preguntaba, arañando lo más hondo de mi cerebro con sus garras.

Y yo me quedaba tumbado noche tras noche, preguntándome qué contendría, hasta que finalmente no pude aguantar más.

Un trueno lejano retumbó sobre la montaña a las dos y media de la madrugada, mientras yo abría el cajón hasta el final para sacar el espantoso sobre. Tras regresar a mi cama a toda prisa, sentí la maligna mirada de Joe Bush, que observaba cómo me encogía bajo las mantas. ¿Era el fantasma o era el hombre el que se hallaba al otro lado de mi ventana? Habría jurado que allí fuera había algo, tocando el cristal de mi ventana y empañándolo con un aliento glacial.

Abrí el sobre rápidamente y saqué su contenido.

Era una tarjeta con dos caras, ¡la obra de un demente!

CARA UNO, LA QUE YO LLAMO

LA CALAVERA.

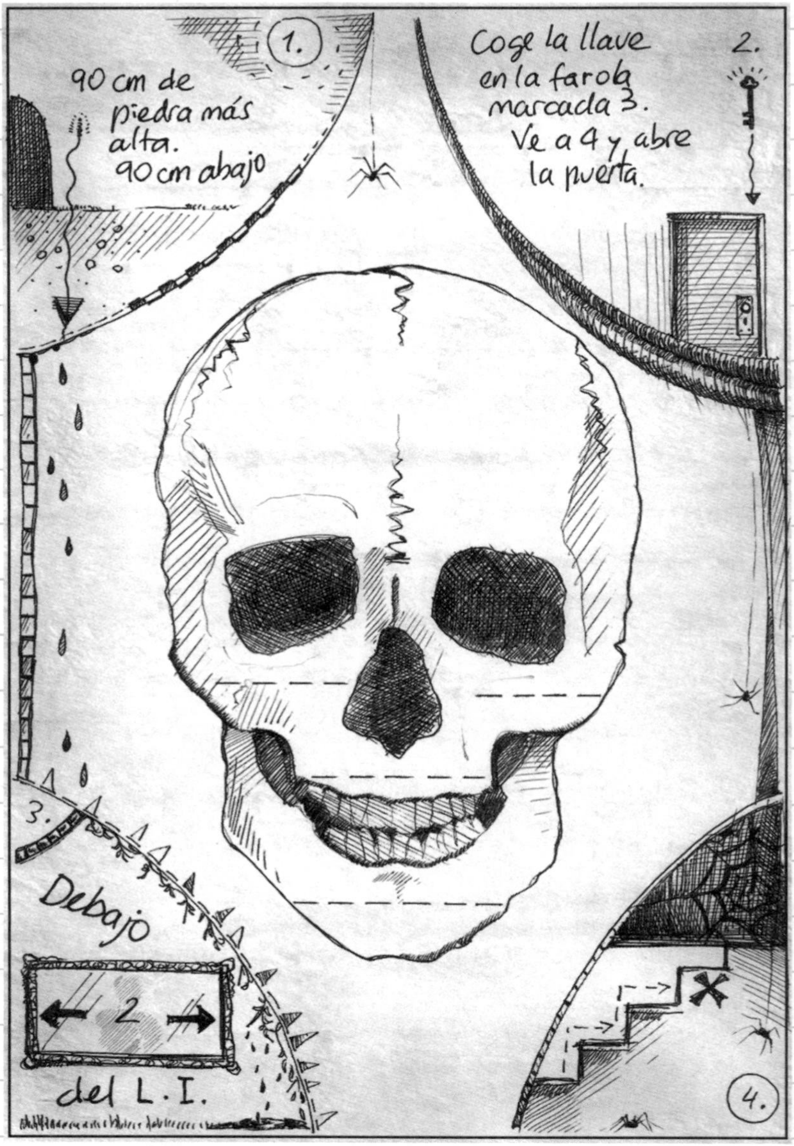

CARA DOS, LA ESCOPETA, LA LÁPIDA,
LA CASA.

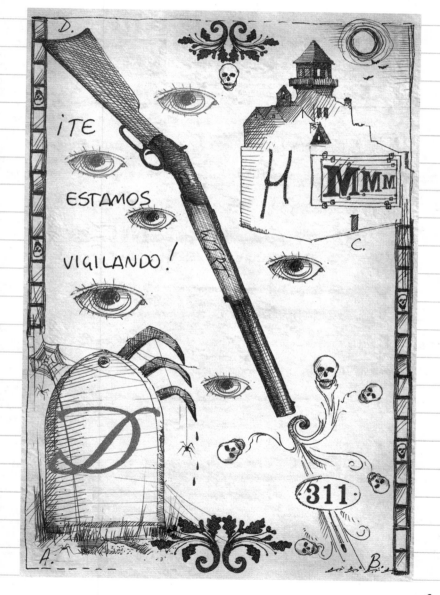

EN CONJUNTO, ACABÉ LLAMANDO A ESTE DISPARATE EL ACERTIJO DE LA CALAVERA, PORQUE ESO ES LO QUE ERA: CALAVERAS, LÁPIDAS Y ESCOPETAS. UNA ADIVINANZA DE LOS MUERTOS.

EMPLEÉ LOS SIGUIENTES MESES EN INTENTAR DESCIFRAR QUÉ SIGNIFICABAN LAS PISTAS DE LA TARJETA. MUCHOS MESES, Y UN GIGANTESCO CERO A CAMBIO DE MIS ESFUERZOS. BUSQUÉ INCASABLEMENTE EN INTERNET TODAS LAS HORAS DE LA NOCHE, HASTA QUE UNA MAÑANA ME DESPERTÉ Y ME DI CUENTA DE QUE EL CONTENIDO DEL SOBRE SE HABÍA CONVERTIDO EN MI OBSESIÓN.

DEBERÍA HABER DEJADO EL SOBRE EN EL FONDO DEL CAJÓN, COMO TENÍA PLANEADO HACER. O MEJOR TODAVÍA, DEBERÍA HABERLO DEJADO EN LA DRAGA, QUE ERA SU SITIO. A LO MEJOR EL FANTASMA DEL VIEJO JOE BUSH HABRÍA SALIDO DE SU TUMBA DE AGUA PARA LLEVÁRSELO AL BARRO AL QUE PERTENECÍA.

PERO NO. AHORA LO TENGO YO.

LUNES, 20 DE JUNIO, 10.10 A.M.

Una noche decidí devolver el sobre a su lugar. Tenía el presentimiento de que estaba maldito, de que terminaría con mi salud mental si lo mantenía en mi poder. Contra todo sentido común, me adentré en el bosque que hay detrás de Skeleton Creek y recorrí el largo camino a solas. Pero cuando me planté delante de la draga en plena noche, me sentí tan asustado que fui incapaz de entrar. Volví corriendo por el bosque, mientras las ramas me abofeteaban, y me derrumbé en la cama.

Tenéis que entenderlo: por poco pierdo la vida allí dentro.

Es difícil regresar a un sitio en el que has estado a punto de morir.

Al encender mi ordenador portátil en busca de cierto consuelo, en lo más profundo de mi ser sabía que encontraría un mensaje de Sarah. No puedo decir por qué, excepto si admito que creo que estoy conectado a ella de un modo sobrenatural. Decid lo que queráis, pero en la draga había sentido auténtico pánico. El mismo

PÁNICO QUE SINTIÓ SARAH LA PRIMERA NOCHE QUE VIO EL FANTASMA DEL VIEJO JOE BUSH. MI MIEDO, MUY ÍNTIMAMENTE LIGADO AL SUYO, LA LLAMÓ.

SOY CONSCIENTE DE QUE EL CORREO ELECTRÓNICO ES UN INVENTO DIGITAL CARENTE DE REALIDAD DRAMÁTICA, PERO SU MENSAJE ME PRODUJO UNOS SENTIMIENTOS QUE JAMÁS OLVIDARÉ.

Hola, Ryan:

He soñado que estabas en la draga sin mí, y eso me ha entristecido. Te echo de menos, echo de menos nuestros secretos. Algo habrá que podamos hacer para recuperar la magia, pero ¿qué?

S.

YO LE CONTESTÉ INMEDIATAMENTE.

Sarah:

Yo puedo hacer que ese sentimiento vuelva. No se lo cuentes a nadie, y menos a tus padres.

R.

Adjunté las dos imágenes de la tarjeta, y solo tuve que esperar nueve minutos a que me respondiera. Pasamos el resto de la noche mandándonos mensajes, intercambiando páginas web e imágenes y susurrando por el teléfono móvil. Para cuando salió el sol, habíamos pasado cinco horas en comunicación constante.

Como el fantasma del viejo Joe Bush, Sarah y yo habíamos vuelto.

Si hubiera sabido entonces lo que sé ahora, jamás habría animado a Sarah a recorrer aquel camino conmigo. Para empezar, jamás habría cogido ese sobre.

Era lo que ellos querían, y lo teníamos nosotros.

Ni siquiera sabíamos que ellos estaban atentos.

Las Tibias Cruzadas nos estaban vigilando.

LUNES, 20 DE JUNIO, 10.18 A.M.

Hemos hecho algunos progresos, y lo explicaré cuando salga del trabajo, pero mientras tanto hay algo que ver.

Sarah está subiendo vídeos de nuevo. Misma página web, nuevas contraseñas. Aunque esta vez es diferente y todavía me estoy acostumbrando. Sarah nunca muestra su cara. Ojalá pudiera verla, pero comprendo por qué ha cambiado sus métodos de grabación. En Internet nada está a salvo, y los vídeos se captan y exhiben continuamente. Sarah se encuentra mucho más cómoda detrás de la cámara que delante de ella, aunque es mucho más que eso.

Está asustada, igual que yo.

No quiere que la vea quien no debe. Además, se nota que está alterada por cómo suena su voz. Es _casi_ su voz, pero no del todo. Me pone la piel de gallina, si queréis que os diga la verdad.

Ya está aquí el primer vídeo de Sarah, un inquietante resumen de todo lo que nos ha sucedido. Si desaparezco y os tropezáis con este diario, quizá necesitéis ver lo que ocurrió en la

DRAGA. TAL VEZ NECESITÉIS UNA INTRODUCCIÓN SOBRE LAS TIBIAS CRUZADAS, PORQUE SON IMPORTANTES. LA NARRACIÓN DE SARAH VALE LA PENA INCLUSO AUNQUE YA SEPÁIS ESTAS COSAS.

NO VEÁIS EL VÍDEO CON LAS LUCES APAGADAS.

ESTAD SIEMPRE EN GUARDIA.

SARAHFINCHER.ES
CONTRASEÑA:
SEÑORAVEAL

En cuanto recibí la contraseña de Sarah, la busqué en Google y encontré una copia digital de un cuento llamado "Un relato sobre la aparición de la señora Veal". ¿Quién sabía que Daniel Defoe, el mismo tipo que escribió Robinson Crusoe (una de mis obras favoritas), también había escrito una historia de fantasmas? "La aparición de la señora Veal" es un relato breve sobre una dama que ve a una mujer deambulando por ahí al día siguiente de su muerte. No es lo más escalofriante que he leído en mi vida, pero lo interesante es que se dice que estaba basado en un suceso real.

Yo me identifico con eso.

Ver todo lo que nos ocurrió resumido en tres minutos es como ver pasar mi vida en una ráfaga. Todos esos hechos sucedieron en un período de unas pocas semanas, pero, al volver la vista atrás, esa parece una época muchísimo más larga. Supongo que algunos recuerdos arden eternamente mientras que otros se van volando como la ceniza.

Esa versión de lo ocurrido hace que piense algo que no había pensado: Lo que sucedió solo era el principio.

Sarah y yo tenemos un largo camino por delante antes de ponerle a esto punto final.

MI TRABAJO DE VERANO, QUE, BIEN MIRADO, NO ESTÁ DEL TODO MAL HA TERMINADO POR HOY.

MIS PADRES GUARDARON LA MITAD DEL DINERO QUE CONSIGUIERON POR EL ORO E INVIRTIERON EL RESTO EN UNA TIENDA DE MOSCAS PARA PESCAR, DONDE YO TENGO UN EMPLEO RETRIBUIDO CON UN SUELDO BASTANTE INFERIOR AL SALARIO MÍNIMO, JUNTO CON OTRO CHAVAL QUE SE LLAMA SAM FITZSIMONS (TODO EL MUNDO LO LLAMA FITZ). MI PADRE ME ESTÁ RECORDANDO CONSTANTEMENTE QUE YO GANO BASTANTE MENOS QUE FITZ PORQUE MI PAGA INCLUYE COMIDA Y ALOJAMIENTO. ESO ES UNA AUTÉNTICA CHORRADA Y PROBABLEMENTE SEA ILEGAL, PERO LE SACARÉ EL MEJOR PARTIDO.

CONTRATAR A FITZ FUE IDEA MÍA. EN OCTUBRE MI PADRE ME OBLIGÓ A PROBAR SUERTE EN EL EQUIPO DE FÚTBOL, Y ME CONDENARON A FORMAR PARTE DEL EQUIPO C. LO BUENO DE ESA EXPERIENCIA FUE QUE CONOCÍ A UN CHICO QUE ERA TAN INEPTO EN EL DEPORTE COMO YO. FITZ Y YO CHUPAMOS BANQUILLO JUNTOS, RECIBIMOS GOLPES DEL EQUIPO A COMO SI FUÉSEMOS MUÑECOS DE PRÁCTICAS, Y CHARLAMOS DE

PESCA DURANTE INTERMINABLES NOCHES DE VIERNES SIN JUGAR. CUANDO SE ACABÓ EL FÚTBOL, HACE UN PAR DE MESES, EMPECÉ A DAR LA TABARRA A MI PADRE PARA QUE CONTRATARA AL CHAVAL CON EL QUE HABÍA ESTADO SENTADO DURANTE LOS TRES MESES DE JUEGOS DE INVIERNO.

—¿SABE HACER MOSCAS Y LANZAR UNA CAÑA DE PESCAR? —FUE LA ÚNICA PREGUNTA DE MI PADRE, A LA QUE YO RESPONDÍ CON UN GRAN SÍ.

FITZ ERA UN FANÁTICO DE LA PESCA Y MI PADRE QUERÍA MANO DE OBRA BARATA, LOCAL Y CON EXPERIENCIA. MI COMPAÑERO DE FÚTBOL CUMPLÍA TODOS LOS REQUISITOS. FITZ ERA COMO MUCHOS DE LOS MUCHACHOS DE DIECISÉIS AÑOS QUE VIVEN EN LAS MONTAÑAS: BUENO CON UN RIFLE, UNA CAÑA DE PESCAR Y UN FUEGO DE CAMPAMENTO. Y DE LO MÁS BARATO COMO EMPLEADO, PORQUE, ADEMÁS, LO ÚNICO QUE QUERÍA EN REALIDAD ERA GASTARSE TODO SU DINERO EN LA TIENDA. UN AUTÉNTICO CHOLLO PARA MI PADRE.

ALGO MÁS SOBRE FITZ:

VIVE CON SU PADRE A UNOS KILÓMETROS DEL PUEBLO, EN UNA CARAVANA; UNA SITUACIÓN QUE POR AQUÍ NO ES TAN INSÓLITA COMO SE PODRÍA IMAGINAR.

Su padre es leñador, y probablemente sea por eso por lo que está divorciado (lección vital: a las mujeres no les entusiasman los montañeros empobrecidos que se duchan dos veces a la semana). Fitz conduce una vieja motocicleta que sigue de una pieza gracias a la cinta americana y la tela metálica, y nunca usa casco. Por aquí andamos algo escasos de policías, e incluso aunque tuviéramos muchos, dudo que se preocuparan por los adolescentes que se montan en la parte trasera de las camionetas o que corren por ahí sin casco. Todo eso es de lo más normal en Skeleton Creek, no sé si me entendéis...

La moto de Fitz quema aceite, lo que significa que normalmente se puede oler su llegada antes de verlo. Aunque yo le digo que no me importa el olor, no me deja montar en ella. Uno de estos días le birlaré las llaves y haré círculos en la grava detrás de la tienda de moscas, porque, la verdad, es una moto estupenda. Y cómo corre.

Cuando Fitz habla, casi siempre es sobre pesca y caza, lo cual resulta bastante curioso. La única pega de tenerlo por aquí es que es muy buen

PESCADOR Y TODAVÍA ES MEJOR HACIENDO MOSCAS.
ADEMÁS, ES UNA PERSONA SOCIABLE, AL CONTRARIO QUE
YO (EN GENERAL, YO PREFIERO NO HABLAR CON NADIE
A MENOS QUE ME VEA OBLIGADO A HACERLO). TENGO LA
CORAZONADA DE QUE MI PADRE LE VA A ENCOMENDAR
LA TAREA DE LLEVAR TURISTAS A PESCAR, Y QUE A MÍ
VA A DEJARME EN LA TIENDA. SI ESO SUCEDE, TENDRÉ
QUE MATAR A FITZ, PORQUE NO SOPORTO PENSAR EN
HISTORIAS DE PESCA EN LAS QUE YO NO HE TOMADO
PARTE.

VOY A BAJAR A CENAR. LUEGO LLEGARÁ
EL MOMENTO DE RELATAR CÓMO SARAH Y YO
CONVOCAMOS ACCIDENTALMENTE A UN FANTASMA Y A
UNA SOCIEDAD SECRETA A REGRESAR A NUESTRAS VIDAS.

LUNES, 20 DE JUNIO, 10.15 P.M.

DESPUÉS DE LA CENA, FITZ Y MI PADRE ME LIARON PARA PASAR UNAS HORAS EN EL ARROYO, PERO YA ESTOY DE VUELTA. FITZ CONSIGUIÓ ATRAPAR UNA PIEZA GIGANTESCA EN LA GRAN POZA DEL KILÓMETRO 7, AUNQUE, POR OTRO LADO, ERA BASTANTE LENTA, Y YO ACABÉ CON LAS MANOS VACÍAS. TENÍA LA CABEZA EN OTRO SITIO.

ME ENCANTARÍA PODER CONTARLE A FITZ LO QUE ESTÁ OCURRIENDO. ES DECIR, LO QUE ESTÁ OCURRIENDO DE VERDAD. PERO NO HEMOS LLEGADO HASTA ESE PUNTO. COMO SUCEDE CON LA MAYORÍA DE MIS AMISTADES. HAY BASTANTE GENTE CON LA QUE PUEDO PASAR UN RATO, JUGAR A ALGÚN VIDEOJUEGO O CHARLAR SOBRE LOS TRABAJOS DE CLASE, PERO ¿AMIGOS A LOS QUE PUEDA CONTÁRSELO TODO? SOLO SARAH, Y NI SIQUIERA A ELLA POR COMPLETO. PROBABLEMENTE POR ESO PASO TANTO TIEMPO CON ESTOS DIARIOS. ES MÁS FÁCIL QUE INVOLUCRAR A OTRAS PERSONAS.

NECESITO VOLVER SOBRE MIS PASOS PARA DESCUBRIR CÓMO HE TERMINADO EN LA SITUACIÓN EN LA QUE ME ENCUENTRO, PORQUE, PARA SER SINCERO, NO sé exactamente cómo sucedió. Han transcurrido tres semanas desde que le conté a Sarah lo del Acertijo de la Calavera. Ella lo llama la Calavera. En cualquier caso, está lleno de sorpresas.

"La Calavera dice esto y la Calavera dice aquello", me soltará Sarah. O "Yo creo que esto es lo que la Calavera está intentando decirnos".

Al igual que antes y siempre, Sarah tiene la costumbre de tomar la delantera.

Mientras yo escribo esto, ella se está preparando para dirigirse a Chicago en su coche.

Por culpa de la Calavera.

Lo sé, es un disparate.

Aquí va lo que ha sucedido, tan bien articulado como puedo.

Alrededor de una semana después de que le mandara a Sarah el Acertijo de la Calavera, ella me dio una idea en la que yo no había pensado. Me había pasado meses observando esas imágenes, sintiéndome confundido por esa extraña colección de símbolos y números. Pero el padre de Sarah es cazador, y el mío no. Resulta que

ESE FUE EL DETONADOR QUE HIZO PEDAZOS TODA MI VIDA.

Hola, Ryan:

He estado pensando en la escopeta. La palabra que aparece en el cañón —Wirt— no es lo que creíamos. He vuelto a revisar todos los fabricantes de rifles, pero esta vez he comprobado los propietarios y las empresas. Ryan, no es Wirt; es Winchester. Me centré en el fundador, Oliver Winchester, y resultó un callejón sin salida. Pero ¿a que no adivinas cuál era el nombre de su hijo? William Wirt Winchester. ¡De modo que ya sabemos que se trata de un rifle Winchester! Está bien, ¿verdad?

No es mucho, pero es algo.

S.

PARA CUANDO RECIBÍ ESTE CORREO DE SARAH, HACÍA MUCHO QUE TENÍA EL ACERTIJO DE LA CALAVERA. EN UN MOMENTO DADO, LO HABÍA ESCANEADO PARA LUEGO SEPARAR LAS DISTINTAS PARTES Y ARCHIVARLAS EN SU PROPIA CARPETA.

AQUÍ ESTÁ LA ESCOPETA DE NUEVO:

35

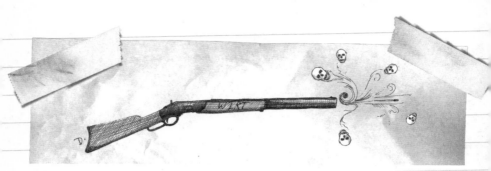

No me gustan las armas de fuego de ninguna clase, y esta no es una excepción. Busqué el nombre de William Wirt Winchester, y antes de que acabara la noche ya sabía qué había caído en mis manos. Lo sabía yo y lo sabía Sarah. Fuimos intercambiando correos conforme hacíamos progresos. Fue como si hubiéramos estado perdidos en el bosque y de repente hubiésemos encontrado el camino correcto.

Sarah:

¿Has buscado su nombre? Si lo haces, descubrirás que se casó con una dama —atención a esto— llamada Sarah. Qué coincidencia, ¿verdad? Y ella estaba loca. Su marido y su hijo murieron, y ella tenía montones de dinero. Básicamente fue la propietaria de la mitad de la empresa Winchester durante la Guerra Civil. ¿Puedes imaginarte cuántas armas vendieron?

Espera… Voy a seguir navegando.

Ryan

Ryan:

¡La mansión Winchester, en San José, California, es alucinante! ¡Me encanta! Creo que es incluso mejor que nuestra draga. Atento: Sarah (Winchester) empezó a construir la casa después de convertirse en dueña de todo aquel dinero, y prácticamente jamás dejó de construir. Pensaba que tenía que haber suficientes habitaciones para albergar a todas las personas que hubieran muerto por disparos de un rifle Winchester. Misión imposible, Sarah: necesitarías una casa del tamaño de México para eso. La mansión Winchester es gigantesca, y está llena de puertas que no llevan a ningún sitio y pasadizos secretos, y ha habido muchísimas observaciones de fantasmas confirmadas.

Esto se pone bien.

S.

Sarah:

Lo tengo. Observa esta parte del Acertijo de la Calavera:

La parte que he ampliado está marcada con un número 4, lo que probablemente signifique que se corresponde con la letra D que hay al final del rifle:

Las escaleras no tienen sentido. Terminan en el techo. La mansión Winchester está repleta de cosas absurdas como esta…, tú misma lo has dicho. ¿Mi teoría? Si logramos encontrar el modo de hallar este punto exacto en la casa, habremos localizado una parte de lo que estamos buscando.

Podremos rellenar una de las líneas de puntos del Acertijo de la Calavera, y habremos empezado a resolver este asunto.

R.

LUNES, 20 DE JUNIO, 10.47 P.M.

SE ESTÁ HACIENDO TARDE, PERO NO ME IMPORTA.
TENGO QUE ESCRIBIR TODO ESTO.

POR SI PASA ALGO.

NO TARDAMOS MUCHO EN AVERIGUAR QUE LO QUE
YO HABÍA ENCONTRADO ERA UNA CLAVE PARA SEÑALAR
UNA SERIE DE LUGARES EN QUE SE HABÍA REGISTRADO
ACTIVIDAD PARANORMAL. ALGUIEN HABÍA CREADO
UN MAPA DEL TESORO HECHIZADO, PERO ¿ADÓNDE
LLEVABA Y PARA QUÉ SERVÍA? EN MIS PENSAMIENTOS
MÁS NEGROS SOLO PODÍA IMAGINAR UN SITIO AL QUE
ME CONDUCIRÍA UN MAPA COMO AQUEL: A UN METRO Y
MEDIO BAJO TIERRA, CON UNA LÁPIDA SOBRE MI CABEZA.

ERA UN MAPA DE LOS MUERTOS, CREADO POR UN
INDIVIDUO QUE HABÍA PERDIDO LA RAZÓN.

HENRY.

YA ESTÁ, LO HE DICHO.

HENRY, QUE TRAICIONÓ A MI FAMILIA, A MI PUEBLO
Y A MÍ. HENRY, QUE DESAPARECIÓ COMO UN FANTASMA.
HENRY, EL TRAIDOR. HENRY, LA AMENAZA.

AQUELLO ERA OBRA DE HENRY. EL ACERTIJO DE
LA CALAVERA HABÍA SURGIDO DE SU MENTE RETORCIDA

Y HABÍA IDO A PARAR A SU BOLSILLO. PERO ¿CUÁNDO LO HIZO? ¿ANTES O DESPUÉS DE SUPLANTAR AL FANTASMA DEL VIEJO JOE BUSH?

EXAMINARLO TODO A TRAVÉS DE UNA LENTE ESPECTRAL AGUDIZÓ NUESTRA BÚSQUEDA ESPECTACULARMENTE. DURANTE ESA MISMA NOCHE, SARAH Y YO DESCIFRAMOS OTRA DE LAS PISTAS DE LA CALAVERA: LA EXTRAÑA CASA CON UNA HACHE Y TRES EMES.

ANTES DE QUE APLICÁRAMOS EL FILTRO EMBRUJADO, ESAS IMÁGENES PODRÍAN HABER SIGNIFICADO UN MILLÓN DE COSAS DIFERENTES. POR LO QUE SABÍAMOS, EL EDIFICIO PODRÍA HABER SIDO LA CASA DE LAS TORTITAS. O, MÁS PROBABLEMENTE, LA CASA DE

LOS MUERTOS DE LA COLINA ENCANTADA. LO ÚNICO
QUE TENÍAMOS ERA UNA H, UN EDIFICIO Y UN ESPEJO
QUE REFLEJABA LA LETRA M UNA Y OTRA VEZ. SARAH
Y YO EMPEZAMOS A PENSAR EN ELLA COMO LA CASA
DE LOS ESPEJOS, LO CUAL NOS DIO LA DIRECCIÓN QUE
ESTÁBAMOS BUSCANDO.

Ryan:

¡Lo tengo, lo tengo, lo tengo! A veces YouTube no es una completa
pérdida de tiempo. Me he tropezado con un vídeo mientras hacía una
búsqueda sobre espejos embrujados y, BANG, ¡lo he encontrado! Casi
no puedo ni escribir de los temblores que tengo. Tú mira el vídeo y luego
corremos el riesgo de hablar por teléfono. Aquí son las 2.30 a.m., así
que tus padres tienen que estar dormidos. ¡Llámame cuando acabes de
ver el vídeo!

S.

ME MANDABA UN ENLACE EN EL QUE UN TIPO
REALIZABA UNA VISITA GUIADA POR UN HOTEL LLAMADO
DRISKILL. AL CABO DE CINCO MINUTOS SUPE QUE SARAH
ESTABA EN LO CIERTO. PARA EMPEZAR, EL DRISKILL

41

ESTÁ COMPLETAMENTE EMBRUJADO; ES PROBABLE QUE SEA EL HOTEL MÁS EMBRUJADO DE NORTEAMÉRICA. HAY DOCENAS DE HISTORIAS DE FANTASMAS SOBRE ESE LUGAR, Y UNA DE ELLAS TIENE QUE VER CON ESPEJOS. EN UNA SALA HAY UNOS ENORMES; Y TODOS ESTÁN HECHOS POR UN TIPO RICO DE MÉXICO PARA CARLOTA, SU AMADA. ¿Y CÓMO SE LLAMA ÉL? MAXIMILIAN..., ESO ES, MAX CON M, LA MISMA LETRA QUE APARECE EN EL ESPEJO DEL DIBUJO.

AHORA VIENE LA PARTE ESCALOFRIANTE: EL GUÍA TURÍSTICO CUENTA LA HISTORIA DE QUÉ SUCEDE SI TE QUEDAS SOLO EN LA SALA MAXIMILIAN Y MIRAS DIRECTAMENTE A UNO DE LOS ESPEJOS. LO QUE ESTE HACE ES REFLEJAR UN ESPEJO IDÉNTICO SITUADO EN LA PARED OPUESTA. Y AQUEL DEVUELVE DE NUEVO EL REFLEJO, DE MODO QUE LO QUE HACES ES MIRAR UNA SERIE INTERMINABLE DE IMÁGENES REFLEJADAS Y CADA VEZ MÁS PEQUEÑAS DE TI MISMO. ¡Y EN MEDIO DE ESA COLECCIÓN INACABABLE DE TUS PROPIOS REFLEJOS SE PASEA CARLOTA! APARECE SIN MÁS DE LA NADA, SE QUEDA MIRÁNDOTE FIJAMENTE, Y ENTONCES ESTÁS MUERTO. VALE, LA PARTE DE QUE TE MUERES ME LA HE INVENTADO, PERO PODRÍAS MATARTE AL

SALIR CORRIENDO COMO ALMA QUE LLEVA EL DIABLO,
TROPEZAR Y CAERTE POR LAS ESCALERAS.

LA IMAGEN RELACIONADA CON ESTE ASUNTO EN EL
ACERTIJO DE LA CALAVERA ES ESTA:

ESO PARECÍA BASTANTE SENCILLO. HAY UNA
PERSONA DETRÁS DEL NÚMERO DOS. ES MUY TENUE,
PERO ESTÁ AHÍ. ¡CARLOTA! EL RESTO TAMBIÉN TIENE
SENTIDO EN EL CONTEXTO DE CINCO ESPEJOS EN LA
PARED. EL DOS Y LAS FLECHAS SIGNIFICAN QUE HAY
DOS ESPEJOS A CADA LADO, ASÍ QUE SERÍA UNO DE LOS
ESPEJOS CENTRALES. "DEBAJO DEL L. I." TIENE QUE
SIGNIFICAR "DEBAJO DEL LATERAL INFERIOR".

GUAU, NOS ESTAMOS VOLVIENDO BASTANTE BUENOS EN ESTO DE LAS ADIVINANZAS... LAS RESPUESTAS QUE HEMOS ENCONTRADO TIENEN QUE OCUPAR LAS LÍNEAS DE PUNTOS DE LA CALAVERA.

CUATRO PALABRAS, CUATRO LUGARES EMBRUJADOS..., Y HEMOS LOCALIZADO DOS DE ELLOS.

Lo siento, he tenido que parar de golpe porque he oído a mi padre en el pasillo.

Ojalá pudiera contarle todo esto, pero sé que no puedo.

Él no lo entendería. Me diría que lo dejase. Tanto él como mi madre. Ellos nunca comprendieron en qué nos habíamos metido Sarah y yo (o quizá mi padre lo sabía demasiado bien, pero no quiero pensar en eso). Los dos se alegraron cuando Sarah se marchó. Creyeron que eso significaba que yo dejaría de hacer cosas como esta: pasarme despierto toda la noche, hurgando en sitios en los que no debería hurgar.

Mamá, papá, si vosotros sois los primeros en encontrar esto —si ocurre algo—, debéis saber que no habríais podido detenerme de ningún modo. No es culpa vuestra. Yo tenía que hacer esto. Ni siquiera lo siento como una decisión. El misterio me encontró, y la única manera de librarme de él es resolverlo.

De acuerdo, volvamos al Acertijo de la Calavera. Al día siguiente descubrimos la

TERCERA DE LAS CUATRO LOCALIZACIONES: LA LÁPIDA
CON CUERNOS ERA MÍA. ESA ERA LA IMAGEN QUE
DEBERÍA HABER DESCIFRADO ANTES, PORQUE ¿QUÉ HAY
MÁS <u>EMBRUJADO</u> QUE UNA TUMBA? PERO POR AHÍ
HAY MUCHÍSIMOS CEMENTERIOS LLENOS DE ZOMBIS Y
FANTASMAS, ASÍ QUE ¿CÓMO ÍBAMOS A SABER A CUÁL SE
REFERÍA AQUELLA LÁPIDA EN PARTICULAR?

HABÍA UNA D GRABADA EN LA PIEDRA, PERO ESO
PODÍA SIGNIFICAR MUCHAS COSAS. FUE MI MADRE, LO
CREÁIS O NO, QUIEN ME AYUDÓ A RESOLVERLO.

COGÍ LA IMAGEN QUE HABÍA ESCANEADO Y CON
MUCHO CUIDADO RECORTÉ LA D, SIN LÁPIDA. TAMBIÉN

SEPARÉ LOS CUERNOS REPETIDOS QUE SOBRESALEN POR LA DERECHA. DESPUÉS DE IMPRIMIRLOS JUNTOS EN UNA HOJA DE PAPEL, FUI A SENTARME EN EL PORCHE CON EL CUADERNO EN EL QUE ESCRIBO MIS HISTORIAS.

MI MADRE ESTABA BEBIENDO TÉ HELADO CON LIMONADA, TAMBIÉN CONOCIDO COMO UN ARNOLD PALMER; EL CALOR DEL VERANO LA HABÍA DEJADO HUNDIDA EN EL VIEJO SOFÁ COMO SI FUERA UN SACO DE PATATAS. YO ABRÍ MI DIARIO Y DEJÉ LA HOJA DE PAPEL SOBRE LA RAYADA MESITA DE CENTRO. BINGO. HABÍA ABIERTO EL MUNDO DE MIS CUADERNOS A MI MADRE, UNA RARA OCURRENCIA. ELLA NO TARDÓ NADA EN PREGUNTARME EN QUÉ ESTABA TRABAJANDO.

—EN UNA HISTORIA DE FANTASMAS —RESPONDÍ.

ESA ERA LA MÁS NORMAL DE LAS RESPUESTAS, POR LO QUE NO LE DIJO DEMASIADO A MI MADRE. ELLA TOMÓ LA HOJA Y LE ECHÓ UN LARGO VISTAZO.

—¿UNA GRANJA HECHIZADA? —ME PREGUNTÓ—. POR FAVOR, NO DESPEDACES A LA GENTE CON LAS REJAS.

—¿LAS QUÉ?

—LAS REJAS DEL ARADO. NO LAS PONGAS EN MANOS DE UN MONSTRUO PARA QUE REBANE A LA GENTE. YO NO HE CRIADO A UN NOVELISTA SANGUINARIO.

47

LE PEDÍ QUE ME CONTARA DE QUÉ ESTABA HABLANDO, Y AL CABO DE UNOS SEGUNDOS ME INSTRUYÓ DETALLADAMENTE SOBRE CÓMO UN GRANJERO ARA UN CAMPO. LOS CUERNOS REPETIDOS DE LA LÁPIDA NO ERAN CUERNOS..., ERAN LAS REJAS DE UN ARADO, DE ESOS QUE VAN TIRADOS POR UN CABALLO. TODO DE LA VIEJA ESCUELA, POR SUPUESTO, UNA DIRECCIÓN QUE NO HABÍAMOS PROBADO.

NO TARDÉ MUCHO TIEMPO EN MANDARLE UN CORREO ELECTRÓNICO A SARAH.

Sarah, no vas a creértelo, pero he descubierto el misterio de la lápida con cuernos. ¡No son cuernos! Son las rejas de un arado, ¡y esa tumba se encuentra en un cementerio que está a quince horas en coche de la puerta de tu casa!

Se trata del cementerio de Bachelor's Grove, y es un lugar perfecto. En esos terrenos hay un estanque donde acabó un granjero, arrastrado hasta allí por su caballo de arar, que había enloquecido. ¿Y a que no adivinas qué volvió loco al caballo? Una dama de blanco —la letra D— que se interpuso en el camino del animal y lo hizo salir despavorido. Ahora el granjero deambula por allí junto con la dama y el caballo, una triple amenaza, además de otro centenar de criaturas espectrales de la noche. Es un sitio realmente espantoso.

¿Y sabes dónde está? Bachelor's Grove, Chicago. Como te he dicho, a quince horas en coche desde tu casa. Está abandonado, así que no habrá nadie por allí. A menos que cuentes a los muertos.

Ryan

LO VERDADERAMENTE HORRIBLE SOBRE LA LÁPIDA CON CUERNOS ES LA PARTE DEL ACERTIJO DE LA CALAVERA QUE SE REFIERE A DÓNDE ESTARÍA ESCONDIDA LA PISTA. SARAH SEÑALÓ ESE DATO EN SU RESPUESTA, QUE LLEGÓ UNA HORA DESPUÉS DE QUE YO LE MANDARA MI MENSAJE.

R., eres consciente de que ni siquiera a mí me entusiasma cavar en un cementerio abandonado, ¿verdad? A lo mejor por fin has encontrado algo que ni siquiera yo haría.

S.

SARAH ESTABA HABLANDO DE ESTO:

90 cm de piedra más alta.
90 cm abajo

1.

No ES UNA INDICACIÓN DIVERTIDA, NI SIQUIERA A
PLENA LUZ DEL DÍA. SEÑALE LO QUE SEÑALE, HABRÍA QUE
EXCAVAR EN UN CEMENTERIO. TOTALMENTE VETADO EN
EL GUION DE RYAN, PERO HABRÍA QUE HACERLO.

¿HAY ALGUNA LEY SOBRE ESO? O SEA,
¿SARAH PODRÍA IR A LA CÁRCEL POR CAVAR EN UN
CEMENTERIO? MÁS IMPORTANTE AÚN, ¿SARAH PODRÍA
MORIR POR CAVAR EN UN CEMENTERIO? CREO QUE ES
POSIBLE. ME ALEGRÉ DE QUE ESTUVIESE LO BASTANTE
LEJOS DEL RESTO DE LOS LUGARES PARA PODER
ENCONTRARLOS.

AL MENOS ESO ERA LO QUE YO PENSABA HASTA QUE
ME CONTÓ EL INCREÍBLEMENTE ESTÚPIDO PLAN QUE SE LE
HABÍA OCURRIDO.

LUNES, 20 DE JUNIO, 11.48 P.M.

Esa vez ella me llamó a mí en plena noche; me despertó la vibración del móvil, que tenía debajo de la almohada.

—Te he llamado seis veces —empezó Sarah—. Duermes como un tronco.

—Lo siento. ¿Pasa algo?

—No pasa nada. Es que estaba deseando contarte las buenas noticias.

—Es verano y son las cuatro y media de la madrugada —le recordé.

—En Boston no. Aquí son las siete y media, y yo acabo de desayunar con mis padres.

—¿Y qué tiene eso de interesante para mí?

—Que me han dicho que sí. Supongo que cumplir diecisiete años me ha abierto algunas puertas.

Me senté en la cama, porque sabía qué significaba ese sí del que estaba hablando Sarah.

—No lo dirás en serio... —repliqué.

—Oh, sí, lo digo muy en serio. Gira embrujada.

No podía creerlo. De verdad que no podía creerlo. Sarah y yo habíamos hablado sobre eso, pero resultaba increíble. Mis padres ni siquiera me dejarían ir a por una hamburguesa en coche sin asegurarse de que tenía encendido el GPS de mi móvil, para poder controlar todos mis movimientos. Caramba, Sarah tenía mucha suerte.

Sarah se lo había trabajado al máximo. Les había dicho a sus padres que el mejor proyecto estudiantil sería ir a la escuela de verano de California en coche y realizar un documental por el camino. Se detendría en lugares interesantes, visitaría a diversos familiares de costa a costa y crearía el diario visual más alucinante que jamás habría visto un profesor de cine. Iba a ser asombroso.

—Resulta que tengo parientes repartidos por todo el país —me contó Sarah—. Solo dormiré en dos hoteles. El resto serán tíos y viejos compañeros de piso de mis padres de la época de la universidad. Solo conducir, comer y grabar. Oh, y hacer algunas paradas estratégicas a lo largo del camino...

No era exactamente un trayecto directo, pero se acercaba. De Boston a Chicago, luego Austin y, por último, California: cementerio de

Bachelor's Grove, el hotel Driskill, la mansión Winchester.

—Tendré que tomar algunos atajos para ceñirme al programa, pero dispongo de siete días para cruzar Norteamérica en coche. ¡Mis padres se lo han tragado!

Solo había un problema: aún no sabíamos dónde estaba la última localización. Había que encontrar cuatro cosas, y solamente habíamos encontrado tres. Se nos seguía escapando el significado del número 311, y cuanto más tardáramos en descifrarlo, más probabilidades había de que Sarah tuviese que retroceder o cambiar de rumbo.

—Me ocuparé de eso sobre la marcha —me dijo ella—. Tú descubre la última localización antes de que esté a mil quinientos kilómetros en dirección contraria y no pueda volver sobre mis pasos a tiempo. Recuerda: cada kilómetro cuenta el doble si me toca retroceder, y hay muy poco margen para el error. Mis padres se pondrán histéricos si no aparezco puntualmente donde se supone que debo aparecer.

Cuando cortamos la comunicación, yo estaba una parte celoso, una parte emocionado y cinco partes aterrorizado.

Estábamos a punto de desvelar un mensaje que nos metería en líos de la peor especie. Yo estaba convencido de eso, y Sarah también. Los dos sabíamos que era una mala idea, pero no podíamos evitarlo.

¿Y queréis saber por qué sabíamos que era una mala idea?

Porque el fantasma del viejo Joe Bush nos estaba observando.

Y eso lo sabíamos porque ayer nos envió un mensaje. Un vídeo. A nuestras direcciones de correo personales.

No era bueno.

Si queréis verlo vosotros mismos, lo encontraréis en la página web de Sarah. Pero estáis avisados: podría teneros toda la noche despiertos.

SARAHFINCHER.ES
CONTRASEÑA:
ROSTROENELESPEJO

MARTES, 21 DE JUNIO, 7.00 A.M.

ESTÁS OCULTANDO ALGO, ¿VERDAD QUE SÍ, RYAN MCCRAY? ¿ALGO MÍO TAL VEZ? ALGO QUE DEJÉ OLVIDADO. NO TE SORPRENDAS SI ÉL VIENE A BUSCARTE. YO NO PODRÉ DETENERLO. NI SIQUIERA YO PUEDO PROTEGERTE DE ÉL.

ARDERÁ, ARDERÁ, ARDERÁ, Y NO PODRÁS ESCAPAR.

EL FANTASMA DEL VIEJO JOE BUSH HA VUELTO. NO ES HENRY, SINO OTRA VERSIÓN DE ÉL, Y, LA VERDAD, NO ESTÁ CONTENTO.

¡ÉL TE ATRAPARÁ! CREO QUE ESE ÉL ES HENRY, Y EL FANTASMA DEL VIEJO JOE BUSH ESTÁ INTENTANDO PREVENIRME, Y NO AL CONTRARIO.

¡ARDERÁ, ARDERÁ, ARDERÁ! CREO QUE SE REFIERE A QUE LO QUE VA A SUCEDER QUEDARÁ GRABADO A FUEGO EN MI MEMORIA Y JAMÁS SE DESVANECERÁ. SEA CUAL SEA EL VIAJE SALVAJE EN EL QUE ME HE METIDO, LO RECORDARÉ CUANDO TENGA NOVENTA AÑOS..., SI ES QUE TENGO LA OPORTUNIDAD DE VIVIR TANTO.

ENIGMA SOBRE ENIGMA..., ESO ES LO QUE CONSIGUES CUANDO TE LAS VES CON UN LUNÁTICO ENVUELTO EN EL DISFRAZ DE UN FANTASMA.

57

Sé que debería contarle a alguien todo esto, por supuesto que lo sé. ¿Ahí fuera hay un demente que me manda vídeos y yo no corro a contárselo a mis padres? Es difícil de explicar, pero creo que lo que está ocurriendo es muy profundo. Creo que tengo cierta conexión con el viejo Joe Bush, y que eso me empuja a hacer cosas que no haría por mi cuenta en otras circunstancias. Joe Bush y yo tenemos mucho en común. Los dos somos (o éramos) conocidos por movernos furtivamente y ocultar cosas. Yo quiero que mi vida sea emocionante, pero estoy inmovilizado en Skeleton Creek. Creo que Joe se sentía igual. Atrapado, paranoico, obligado a guardar secretos de los que no quería ser responsable. Eso hace que me pregunte si algún día SERÉ un fantasma y acosaré a algún chaval en algún pequeño pueblo, aunque parece un poco aburrido, si queréis que os diga la verdad: días y noches dando vueltas sin hacer nada. En cualquier caso, la cuestión es que no sé adónde llevará todo esto, pero algo me dice que debería hacer las cosas como siempre las he hecho: en secreto;

AL MENOS HASTA QUE SEPA QUÉ ESTÁ SUCEDIENDO REALMENTE Y EN QUIÉN PUEDO CONFIAR DE VERDAD.

SARAH ESTÁ OFICIALMENTE EN CAMINO. No HE CONSEGUIDO QUE CAMBIARA DE OPINIÓN Y ESTA NOCHE LLEGARÁ A CHICAGO. TENDRÁ QUE VISITAR EL CEMENTERIO CUANDO HAYA OSCURECIDO, LO QUE PLANTEA CIERTOS PROBLEMAS. TIENE UNOS TÍOS QUE VIVEN A UNA HORA DE LA CIUDAD Y LA ESPERAN PARA CENAR. ELLA TENDRÁ QUE SALIR A HURTADILLAS DE LA CASA CUANDO TODO EL MUNDO ESTÉ DORMIDO, CONDUCIR DOS HORAS HASTA EL CEMENTERIO, DESENTERRAR LO QUE HAYA ESCONDIDO ALLÍ, Y REGRESAR ANTES DEL AMANECER.

ESO SIGNIFICA QUE CASI SEGURO TENDRÁ QUE CAVAR DESPUÉS DE MEDIANOCHE, LO CUAL VA MÁS ALLÁ DE MI IMAGINACIÓN. SARAH EN UN CEMENTERIO ABANDONADO POR LA NOCHE, HACIENDO COSAS RARÍSIMAS... No HAY NADA MÁS TERRORÍFICO QUE ESO, Y MI MEJOR AMIGA TENDRÁ QUE HACERLO SOLA.

ESO SI NO LA PILLAN CUANDO INTENTE ESCAPARSE DE CASA DE SUS TÍOS.

DONDE ESTÉ SARAH SON LAS DOS O LAS TRES DE LA TARDE. ACABA DE MANDARME UN MENSAJE AL TRABAJO.

HE PARADO PARA HACER UN ALMUERZO TARDÍO. ME FALTAN DOS HORAS. ¡WAFFLE HOUSE!

COMO VIVO EN EL OESTE, JAMÁS HE TENIDO LA EXPERIENCIA DE ENTRAR EN UN LOCAL DE ESA CADENA DE GOFRERÍAS. SON LOS ESTABLECIMIENTOS DE COMIDA RÁPIDA PREFERIDOS DE SARAH, PORQUE SIRVEN DESAYUNOS DURANTE TODO EL DÍA Y ESTÁN TIRADOS DE PRECIO. DICE QUE LOS CEREALES SON PARA MORIRSE Y QUE LOS GOFRES SON UNA CRUJIENTE REBANADA DE CIELO. ADEMÁS, LOS CLIENTES DE LAS WAFFLE HOUSE SUELEN SER CABALLEROS VIEJOS Y HABLADORES CON MUCHO TIEMPO DISPONIBLE. SARAH NO HABLA CON LA MAYORÍA PORQUE NO NECESITA HACERLO. ES HABITUAL QUE TUTEEN A LAS CAMARERAS, Y SUELEN CONVERSAR PAUSADAMENTE.

ASÍ ES COMO SARAH LO DESCRIBE:

"Me encanta oír viejos recuerdos en voces viejas, y también el olor de los gofres en el aire mientras me bebo el café. Es mágico".

En realidad, yo creo que lo mágico es Sarah. La mayor parte de la gente no vería nada especial en un lugar como ese; se les escaparía lo que de verdad importa. Pero Sarah ve la soledad, la nostalgia y el consuelo obtenido con dos dólares y cincuenta centavos. Ella sabe qué mirar.

61

ME HE PASADO EL DESCANSO DE LA COMIDA INTERCAMBIANDO MENSAJES DE MÓVIL CON SARAH, ALGO QUE MI PADRE TIENE ESTRICTAMENTE PROHIBIDO EN LA TIENDA. SIENTE UNA AVERSIÓN ESPANTOSA A LOS MENSAJES DE TEXTO EN GENERAL.

—ES UN TELÉFONO —ME HA DICHO MÁS DE UNA VEZ MIENTRAS ESCRIBO ALGO CON EL DIMINUTO TECLADO—. ES PARA HACER LLAMADAS, NO PARA ESCRIBIR NOVELAS.

NO DIRÉ QUE EL MUNDO ESTÁ PASANDO POR DELANTE DE MI PADRE, PERO DESDE LUEGO ÉL VA DOS PASOS POR DETRÁS EN TODO. NO TIENE PACIENCIA PARA LAS COSAS A LAS QUE NO LES VE UTILIDAD, DE MODO QUE, EN VEZ DE SOPORTAR SU CÓLERA, APROVECHO MI DESCANSO PARA PASEAR POR MAIN STREET MIENTRAS "CONVERSO" CON SARAH.

SARAH: "LAS ÁREAS DE DESCANSO SON ASQUEROSAS".

YO: "POR FAVOR, NO ME CUENTES MÁS".

SARAH: "¡ESTOY A UNA HORA DE LA CASA DE MI TÍO!".

YO: "¿NERVIOSA POR LO DE ESTA NOCHE?".

SARAH: "Tengo mi levantatumbas en el maletero. Una pala nuevecita. Al menos cuento con un arma si necesito una".

YO: "Quizá te iría mejor un martillo. Los no muertos no se dejan vencer sin pelear".

SARAH: "¿Se supone que esta conversación es para que me sienta mejor?".

YO: "Tú tómatelo con calma y ten cuidado. No hagas locuras. Si llegas y no lo ves claro, sal de ahí pitando".

Caminar y escribir mensajes a la vez me ha servido para tropezar con alguien que podría haber esquivado si hubiera estado atento. Al levantar la vista del último mensaje, me he encontrado cara a cara con Gladys Morgan, la bibliotecaria. Si estáis familiarizados con Gladys, entonces sabréis lo temible que puede llegar a ser esa mujer. Es alta y corpulenta, lo que encaja a la perfección con su imponente personalidad. En su rostro arrugado no aparece casi nunca una sonrisa.

—Ese es el invento más absurdo en la historia de las ideas absurdas —me ha informado—. Procure

NO BAJAR A LA CALZADA. ES PROBABLE QUE LO ATROPELLE UN TURISTA QUE VAYA HACIENDO LO MISMO QUE USTED TRAS EL VOLANTE DE SU COCHE.

—GRACIAS, SEÑORITA MORGAN. LO TENDRÉ EN CUENTA.

—NO SEA CONDESCENDIENTE CONMIGO, SEÑOR McCRAY, O EL FANTASMA VOLVERÁ A POR USTED.

SENTADO EN EL BANCO QUE HAY ANTE LA BIBLIOTECA PARA ESCRIBIR TODO ESTO, HE PENSADO QUE UNA GOFRERÍA EN EL OTRO LADO DEL PAÍS SERÍA UN LUGAR ESTUPENDO PARA LLEVAR A GLADYS MORGAN Y LUEGO OLVIDAR RECOGERLA. QUE INCORDIE A OTROS PARA VARIAR.

Martes, 21 de junio, 2.12 p.m.

Un tipo ha llamado a la tienda: viene de camino al pueblo con tres amigos después de oír que había comenzado la eclosión fluvial vespertina. Quieren guías para el gran río que hay a una hora hacia el este. Cuatro clientes significan dos balsas y dos guías, y mi padre prefiere que vaya yo en vez de Fitz.

Eso me presenta un serio dilema moral. Si declino la oferta, entonces Fitz se lleva el premio y yo me quedo toda la noche en la tienda. En circunstancias normales, eso habría sido una catástrofe. Fitz me cae bien, pero no hay duda de que estamos metidos en una larga competición veraniega por las salidas guiadas. Cada una supone cincuenta dólares, propinas aparte, y pasar tiempo en el agua. He pescado con mosca toda mi vida, y el agua me atrae de una manera que no puedo explicar. Me resulta inconcebible rechazar una excursión vespertina, sobre todo teniendo en cuenta que ceder mi puesto a Fitz cuando me lo han ofrecido a mí primero le mandará cierto mensaje a mi padre. Eso podría

65

CONVERTIRSE ENSEGUIDA EN UNA INGRATA COSTUMBRE.

PODRÍA PASARME TODO EL VERANO SENTADO EN LA

TIENDA, VIENDO CÓMO PASA EL TIEMPO EN EL RELOJ,

MIENTRAS FITZ ESTÁ AHÍ FUERA GANANDO MUCHO DINERO

Y DISFRUTANDO COMO UN ENANO.

DE TODOS MODOS, ESTO NO ES UNA COMPETICIÓN.

DE NINGUNA MANERA PUEDO PERMITIR QUE SARAH

ENTRE EN UN CEMENTERIO SIN TENERME AL TELÉFONO

PARA TRANQUILIZARLA.

ASÍ QUE LE HE DICHO A MI PADRE QUE ME DUELE EL

ESTÓMAGO Y LA CABEZA Y QUE ACABO DE VOMITAR EN

EL CUARTO DE BAÑO.

—NO SON MÁS QUE NERVIOS. ENSEGUIDA ESTARÁS

BIEN —HA SIDO SU RESPUESTA.

FITZ ESTABA VISIBLEMENTE ALICAÍDO. ÉL DESEABA

PARTICIPAR EN ESA EXCURSIÓN TANTO COMO YO, SI NO

MÁS, ASÍ QUE LE DICHO A MI PADRE QUE DEJARÍA CON

MUCHO GUSTO QUE FITZ FUERA A LA PRIMERA SALIDA

DEL VERANO, Y QUE YO IRÍA EN EL SIGUIENTE TURNO.

POR DESGRACIA PARA MÍ, MI PADRE NO HA DADO SU

BRAZO A TORCER. LO HE VISTO EN SUS OJOS. VA A

LLEVARSE A SU HIJO TANTO SI ESTE QUIERE COMO

SI NO.

Mis únicas otras opciones son caerme y romperme un brazo o clavarme un anzuelo en la frente, y ni siquiera estoy seguro de que eso me permita quedarme en la tienda por la tarde. No, a las 9.00 estaré sacando un bote cargado de un río a oscuras y sin cobertura para el móvil, y no llegaré a un lugar desde el que contactar con Sarah hasta al menos las 10.30.

Es decir, las 12.30 a.m. en el horario de Sarah.

Le he mandado un mensaje, pero no me ha contestado. Luego la he llamado, pero sin éxito. No puedo hacer nada más que dejarle un mensaje de voz.

Me han liado para ir al río. He intentado librarme, pero ha sido imposible. Por favor, perdóname. Te escribiré en cuanto esté de vuelta. ¡Ten cuidado!

Sarah va a tener que hacerlo sola, al igual que cuando esta pesadilla empezó.

Espero que no venga hasta aquí en coche para golpearme con su pala.

MIÉRCOLES, 22 DE JUNIO, 1.00 A.M.

HA SIDO LA MEJOR NOCHE DE PESCA DE MI VIDA. En condiciones normales, estaría entusiasmado por haber atrapado dos docenas de piezas enormes en una sola salida, pero hoy ha sido angustioso. Cuanto mejor iba la pesca, más tiempo sabía que seguiríamos en el río. Incluso después de llevar la balsa a la orilla en plena oscuridad, mi padre ha dejado que los clientes pescaran durante cuarenta minutos más. Yo no dejaba de mirar mi móvil —¡sin cobertura!—, casi tirándome de los pelos de la rabia. Por fin tengo la oportunidad de poner por escrito lo sucedido esta noche, pero estoy tan cansado que apenas puedo mantener los ojos abiertos. Remar durante cinco horas requiere un gran esfuerzo, pero debo anotar esto mientras lo tengo fresco.

Primero, lo primero: mi padre me ha pillado. He metido la pata hasta el fondo.

—Si estás intentando hablar con Sarah, ya puedes ir olvidándolo —me dijo la tercera vez que me sorprendió mirando el móvil.

Al sorprenderme por cuarta vez, comentó:

—Esta es la última vez que te traes esa cosa. Haz tu trabajo.

Pero la quinta vez fue el remate. No tuvo que decir nada, porque la expresión de su cara me dijo todo lo que necesitaba saber. Me lanzó la misma mirada que cuando me metí en líos con Sarah el año pasado. Es una mirada muy concreta, ni de impaciencia ni de frustración, sino de algo muchísimo peor: desconfianza. Solo me ha mirado así en cuestiones relacionadas con Sarah. Mi padre sabía que habíamos vuelto a contactar en serio, y sospechaba que estábamos haciendo algo que podría acabar matándonos.

Más tarde, cuando nos quedamos solos en la tienda, guardando las balsas y los aparejos, mi padre se me acercó en la oscuridad y me echó un buen rapapolvo.

—No me sentiré nada contento si Sarah y tú volvéis a hacer de las vuestras. No hagáis ninguna estupidez.

Yo disimulé lo mejor que pude, pero sabía que mi padre solo necesitaba hacer una llamada para

HABLAR CON EL PADRE DE SARAH Y ENTERARSE DE QUE ELLA ESTABA DE CAMINO A CALIFORNIA. ENTONCES, SIN DUDA, SE OLERÍA PROBLEMAS, PERO YO NO PODÍA HACER NADA PARA IMPEDÍRSELO.

AFORTUNADAMENTE, CUANDO POR FIN LLEGAMOS A CASA A LAS 10.45, MI PADRE ESTABA INCLUSO MÁS CANSADO QUE YO. ENCONTRAMOS UNA NOTA DE MI MADRE Y DOS PLATOS CON POLLO FRITO Y ENSALADA DE COL EN LA NEVERA. YO ME LLEVÉ EL MÍO A MI DORMITORIO, PARA PODER ESTAR FINALMENTE A SOLAS.

LLENO DE CULPABILIDAD, MIRÉ MI MÓVIL COMO SI ESTE PUDIERA ESTRANGULARME, QUE FUE LO QUE PRÁCTICAMENTE OCURRIÓ.

SIETE MENSAJES DE TEXTO, TRES LLAMADAS PERDIDAS, UN MENSAJE DE VOZ. TODOS SIN RESPONDER, TODOS DE SARAH.

PRIMERO, LA TERRIBLE RISTRA DE MENSAJES DE TEXTO:

9.47 P.M.
¡ESTOY AQUÍ! MÁNDAME UN MENSAJE PARA QUE SEPA QUE ESTÁS SOLO. TE QUIERO AL TELÉFONO PARA QUE PUEDAS OÍR MIS GRITOS.

9.52 p.m.

¿¿¿¿¿Dónde estás????? Es IMPOSIBLE que sigas en el río.

9.58 p.m.

En serio, Ryan, esto no es divertido. Llámame. Esto está espantosamente oscuro.

10.10 p.m.

He intentado llamarte dos veces. Estoy al final de un camino de tierra. Veo lápidas a la luz de los faros. No creo que pueda hacerlo.

10.14 p.m.

Puedo hacerlo.

10.21 p.m.

Voy a entrar, ¡¡¡MALDITO GALLINA!!!

10.24 p.m.

Pongo manos a la obra. No puedo teclear con los dedos llenos de barro. Si ahora suena el teléfono, se me saldrá el corazón por la boca. No me llames.

Nunca me he sentido tan impotente, patético y culpable como leyendo esos mensajes, a menos que cuente el mensaje de voz de Sarah:

"¿Por qué esto me resulta familiar? Porque el año pasado me hiciste lo mismo en la draga. ¿Tienes idea de lo terrorífico que es estar a solas en un cementerio abandonado a medianoche, con una pala en la mano? No, supongo que no la tienes, ¡porque ME HAS DEJADO TIRADA!

No importa..., he conseguido lo que venía a buscar. Debería estar de vuelta en casa de mi tío a las 2.30 a.m., dormir unas cuantas horas, y luego convertir esta cosa. Ni siquiera voy a contarte de qué se trata. Ese es el precio que vas a pagar por estar pescando mientras yo abría una sepultura. Dulces sueños. ¡Por lo menos estoy viva!

Ah, y sí, esto es lo más espeluznante que he hecho en toda mi vida".

Vaya. ¿Puedo sentirme todavía peor? Creo que no. Es un poco desmesurado soltarme lo de "abrir una sepultura", porque no era eso lo que

TENÍA QUE HACER, ¿VERDAD? ESTOY BASTANTE SEGURO DE QUE SOLO TENÍA QUE CAVAR UN AGUJERO EN UN CEMENTERIO. ESO NO ES TAN ATERRADOR COMO EXCAVAR EN UNA TUMBA. ESTOY CASI CONVENCIDO DE QUE YO PODRÍA HABER CAVADO UN AGUJERO. HABRÍA FINGIDO QUE ERA MI JARDÍN.

LA COMBINACIÓN DE UN COMPLEJO DE CULPABILIDAD HIPERACTIVO Y DE NO SABER QUÉ HA ENCONTRADO SARAH ME ESTÁ MATANDO. ¿Y SI SE TRATA DE UN HUESO DE BRAZO, UNA CALAVERA O MÁS ORO?

PUEDE SER CUALQUIER COSA.

PERO NO TENGO EL CORAJE SUFICIENTE PARA LLAMARLA, PUES SÉ QUE HA ESTADO CONDUCIENDO DURANTE MUCHO TIEMPO, Y CONDUCTOR CANSADO + MADRUGADA + RESPONDER AL MÓVIL = PROBLEMAS. YA ES BASTANTE MALO HABERLA DEFRAUDADO, ASÍ QUE MÁS VALE QUE NO SE SALGA DE LA CARRETERA DE CAMINO A CHICAGO POR MI CULPA.

LE HE MANDADO UN MENSAJE DE TEXTO, SOLO ESO.

LO SIENTO <u>MUCHÍSIMO</u>. EL RÍO REBOSABA DE PECES Y MI PADRE NO IBA A INTERRUMPIR LA PESCA. ¡ESTABA ATRAPADO!

73

SARAH NI ME HA CONTESTADO NI ME HA LLAMADO.

QUIZÁ ESTÉ DURMIENDO.

O TAL VEZ LA HAYAN ATRAPADO.

OJALÁ PUDIERA SABERLO.

SI CONOZCO BIEN A SARAH, ME LLAMARÁ AL MÓVIL SEGÚN SU ZONA HORARIA, NO LA MÍA, LO QUE SIGNIFICA QUE PROBABLEMENTE SEPA ALGO DE ELLA ALREDEDOR DE LAS 5.00 A.M.

ES UNA LLAMADA QUE NO PUEDO PERDERME POR NADA DEL MUNDO.

MIÉRCOLES, 22 DE JUNIO, 4.23 A.M.

Su castigo fue muy cruel, incluso aunque la dejara sola desenterrando tumbas. Sarah me llamó a las 4.13 a.m. y me despertó en pleno sueño. Nota para mí mismo: no comas pollo frito a las 11.00 p.m. y luego pases de lavarte los dientes. El resultado es absolutamente asqueroso.

Sarah no se había ido a dormir, como me había dicho que haría. Esa chica está como colocada después de medianoche: puede seguir y seguir y seguir. He acabado por descubrir que su momento preferido para montar vídeos es la madrugada, cuando todo el mundo está durmiendo (o, en mi caso, teniendo pesadillas). Después de volver a entrar sigilosamente en la habitación de invitados de su tío, alrededor de las 3.00 a.m., se fue derecha a elaborar un vídeo que contiene imágenes que jamás me habría esperado.

Parte del vídeo es claramente algo en lo que lleva trabajando cierto tiempo. Es posible que realmente esté pensando en convertir el viaje en un proyecto documental, porque esa parte

CUENTA LA HISTORIA DEL CEMENTERIO, COMPLETADA CON OBSERVACIONES DE FANTASMAS. DESPUÉS, INCLUYE SU PROPIA EXPERIENCIA EXCAVANDO LA TIERRA.

AL VERLO, VOLVÍ A SENTIR UNA FUERTE OLEADA DE CULPABILIDAD.

PERO ¿CUÁL ES EL FRAGMENTO MÁS INTERESANTE DEL VÍDEO? LA REVELACIÓN DE LO QUE DESCUBRIÓ. EN CIERTO MODO, TIENE SENTIDO. DEBERÍA HABÉRMELO IMAGINADO.

HABÍA UNA CAJA.

¿Y DENTRO DE ESA CAJA?

LA PRIMERA INDICACIÓN DE QUE LAS TIBIAS CRUZADAS SON MUCHO MÁS PELIGROSAS DE LO QUE CREÍAMOS.

EL APÓSTOL HA REGRESADO... Y RESULTA MÁS ESCALOFRIANTE QUE NUNCA.

ESTO TENÉIS QUE VERLO.

SARAFINCHER.ES
CONTRASEÑA:
LADAMADEBLANCO

Tengo que reconocérselo a Sarah: se está volviendo muy buena realizando vídeos. Cuando ocurrió lo de la draga, sus vídeos tenían la calidad de una película casera, para que nos vamos a engañar, pero este es diferente. Esta ha sido la primera vez que he pensado: "Caramba, Sarah podría convertirse algún día en una auténtica cineasta de Hollywood". Si no supiera de qué va la historia, habría dicho que las secuencias documentales del cementerio son reales. Desde luego, me produjo escalofríos. Pero eso no fue nada comparado con ver de nuevo al Apóstol. Ese individuo siempre me ha puesto el pelo de punta. Volver a verlo y comprender cuál era su papel en las Tibias Cruzadas solo sirvió para aumentar mi miedo.

Ahora sé tres cosas que no sabía antes:

—En algún momento del pasado, la función principal del Apóstol era documentar la historia de las Tibias Cruzadas. Por alguna razón, seccionó su descripción en distintas partes y

ESCONDIÓ LA VERDAD EN VARIAS LOCALIZACIONES DE SU PROPIA ELECCIÓN.

—LAS TIBIAS CRUZADAS ES UNA ORGANIZACIÓN ANTIGUA. ORIGINALMENTE ESTABA COMPUESTA POR "SUPERPATRIOTAS", PREOCUPADOS POR QUE LA DEMOCRACIA NORTEAMERICANA ESTUVIERA EN PELIGRO DESDE EL PRINCIPIO.

—TENÍAN UNA MISIÓN DE TRES PUNTOS:

1) PRESERVAR LA LIBERTAD
2) MANTENER EL SECRETO
3) DESTRUIR A TODOS LOS ENEMIGOS

SON NOVEDADES MUY INQUIETANTES, SIN DUDA, Y ME SURGEN MONTONES DE NUEVAS PREGUNTAS:

—¿ERA EL APÓSTOL MUCHO MÁS IMPORTANTE DE LO QUE YO SUPUSE AL PRINCIPIO?

—¿HABÍA EN SU MUERTE ALGO MÁS DE LO QUE SARAH Y YO DESCUBRIMOS?

—¿QUÉ HACÍA EL APÓSTOL EN SKELETON CREEK?

—¿QUÉ SECRETOS GUARDABAN LAS TIBIAS CRUZADAS Y A QUÉ ENEMIGOS DESTRUYERON?

—Y MÁS IMPORTANTE AÚN: ¿QUÉ TIENE QUE VER MI PADRE CON TODO ESTO? ÉL LLEVA EL PAJARITO TATUADO EN EL BRAZO, AL IGUAL QUE EL APÓSTOL EN LA MANO. SARAH SE HA ENCARGADO DE SEÑALARLO... MI PADRE ERA MIEMBRO DE LAS TIBIAS CRUZADAS. ¿TODAVÍA LO ES?

SARAH ESTÁ DE NUEVO EN LA CARRETERA, DE CAMINO A LA SIGUIENTE PARADA DE SU GIRA EMBRUJADA, Y YO TODAVÍA NO HE CONSEGUIDO AVERIGUAR CUÁL ES EL ÚLTIMO SITIO QUE DEBE VISITAR, LO CUAL ES UN GRAN PROBLEMA.

SARAH LLEGARÁ A SAINT LOUIS A MEDIODÍA; A MEMPHIS, ALREDEDOR DE LAS 5.00 P.M., Y DEBE ESTAR EN LITTLE ROCK, ARKANSAS, ANTES DE QUE CAIGA LA NOCHE. LA ANTIGUA COMPAÑERA DE PISO DE SU MADRE VIVE ALLÍ, Y SARAH ESPERA PODER PASAR UN RATO EN LA BIBLIOTECA BILL CLINTON PARA TRABAJAR EN SU PROYECTO PARA EL CURSO DE VERANO. CUANTO MÁS DEPRISA VAYA, MENOS POSIBILIDADES TENDREMOS DE AVERIGUAR QUÉ SIGNIFICA EL NÚMERO 311.

HE PUESTO MÚSICA DE PINK FLOYD Y ME HE TUMBADO EN LA CAMA, OBSERVANDO LAS PISTAS.

ESTOY PENSANDO EN LA MISIÓN DE TRES PUNTOS DE LAS TIBIAS CRUZADAS:

1) PRESERVAR LA LIBERTAD, 2) MANTENER EL SECRETO, 3) DESTRUIR A TODOS LOS ENEMIGOS.

SARAH Y YO ENCAJAMOS DEMASIADO BIEN EN EL NÚMERO TRES.

DESTRUIR A TODOS LOS ENEMIGOS.

EL MENSAJE ESTÁ CLARO COMO EL AGUA: SOMOS UNA AMENAZA PARA LAS TIBIAS CRUZADAS, ASÍ QUE TIENEN QUE DESHACERSE DE NOSOTROS. ES COMO SI SARAH HUBIERA GOLPEADO UNA COLMENA DE AVISPAS

CON UN BATE DE BÉISBOL, Y AHORA NO PUDIERA DEJAR DE MOVERSE, DEJANDO ATRÁS EL ENJAMBRE MIENTRAS SE DIRIGE HACIA EL OESTE.

LA CAJA QUE SARAH DESENTERRÓ ERA GRANDE Y PESADA. LA VERDAD ES QUE ME SORPRENDE QUE FUERA CAPAZ DE SACARLA ELLA SOLA, AHORA QUE SÉ QUÉ CONTENÍA: UN ANTIGUO PROYECTOR DE OCHO MILÍMETROS Y UN ROLLO DE PELÍCULA. SARAH DIRIGIÓ EL PROYECTOR HACIA UNA PARED BLANCA Y EMPLEÓ SU PROPIA CÁMARA PARA GRABAR LA IMAGEN Y PASARLA ASÍ A SU ORDENADOR; NO ES UN MÉTODO DE ÚLTIMA TECNOLOGÍA PRECISAMENTE, PERO FUNCIONÓ BIEN.

¿MI TEORÍA? EN EL RESTO DE LOCALIZACIONES HABRÁ MÁS PELÍCULAS, PERO NO PROYECTOR.

AÚN NO HEMOS OÍDO LAS ÚLTIMAS PALABRAS DEL APÓSTOL.

MIÉRCOLES, 22 DE JUNIO, 11.00 A.M.

Hoy mi padre ha escogido a Fitz como guía para el río.

—No tiene por qué preocuparse por mí, señor McCray —le comentó Fitz—. Yo no TENGO teléfono móvil.

"Eh, tío —me entraron ganas de soltarle—. ¿YA no te acuerdas de quién te recomendó para este puesto?".

Para ser justo, debo apuntar que en cuanto mi padre salió del local, Fitz se giró hacia mí y se disculpó:

—Perdona lo que he dicho, pero ya sabes cómo es quedarse en la tienda mientras los peces pican.

Entonces recordé que eso es lo que Fitz y yo tenemos en común. No es culpa suya que mi padre solo pueda llevarnos a uno de los dos. Sería fantástico que pudiéramos salir los tres juntos, porque todos conocemos el agua mucho mejor que casi todas las cosas de tierra firme.

—Lo de anoche fue bastante impresionante —repliqué, sin contarle por qué había estado tan distraído.

En circunstancias normales habría envidiado que Fitz se marchara al río mientras yo me quedaba en la tienda toda la tarde. Pero si las cosas iban como ayer, estarían fuera hasta tarde, y una tienda vacía y conexión a Internet era exactamente lo que estaba deseando. Aun así, mi padre no tenía por qué contarle a Fitz que ayer estuve mirando el móvil constantemente. Eso es un golpe bajo.

—La mejor pesca del año, y tú estarás en la tienda... —me dijo Fitz mientras cargaba cajas de moscas.

Ya puedo ver cómo va a desarrollarse el verano. Mi padre nos enfrentará a Fitz y a mí en todos los campos. ¿Cuántos peces habéis atrapado? ¿Cuántas moscas habéis hecho? Por desgracia para mí, mientras que Fitz y yo somos iguales en el campo de fútbol (ambos somos patéticos), él es mejor pescador. A mí me encanta la pesca, pero no _vivo_ por y para ella. Fitz está cortado por el mismo patrón que mi padre: está la pesca, y luego todo lo demás. Los dos sienten un nivel de entusiasmo muy distinto del mío.

Siempre me he preguntado cómo sería tener un hermano. Es imposible ser hijo único y no preguntárselo. Imaginaos: otro McCray en casa... Ni siquiera importaría que fuese un hermano mayor o menor, de todos modos habría competencia entre nosotros.

Ayudé a Fitz a recoger las provisiones, y poco después mi madre pasó por la tienda con una nevera portátil llena de sándwiches, latas de refrescos y galletas de chocolate caseras.

—Tiene muy buena pinta, señora McCray —comentó Fitz tras mirar dentro de la nevera—. Desde luego, ha preparado usted un almuerzo excelente.

"Vale ya, tío", pensé.

—A ti te he traído lo mismo —terció entonces mi madre, tendiéndome una bolsa de papel blanco con el almuerzo—. ¿Te veré a la hora de cenar?

—Es poco probable —respondió mi padre, que volvía en ese momento—. Si hoy nos va como anoche, tomaremos de nuevo pollo frito y ensalada de col. Estaremos fuera al menos hasta

UNA HORA DESPUÉS DE ANOCHECER, Y QUIERO QUE RYAN ESTÉ AQUÍ PARA AYUDARNOS A DESCARGAR.

BUENO, CREO QUE MI PADRE CONSIDERA ESTO COMO UNA ESPECIE DE CASTIGO, CUANDO EN REALIDAD ME HA DADO TOTAL LIBERTAD EN LA TIENDA PARA AYUDAR A SARAH. VA A SER PERFECTO.

O AL MENOS ESO ES LO QUE YO PENSABA, PORQUE ENTONCES ME ENTREGÓ UNA HOJA DE PAPEL CON UNA LISTA DE LAS MOSCAS QUE QUERÍA PREPARADAS A SU REGRESO. SI NUNCA HABÉIS VISTO O HECHO UNA MOSCA PARA PESCAR, DEJAD QUE OS DIGA ALGO: NO ES NADA FÁCIL. EMPIEZAS CON UN ANZUELO VACÍO Y UNA MESA LLENA DE MATERIALES —PLUMAS, PELO, CUERDA, PEGAMENTO—, EN SERIO, COMO UN MILLÓN DE OPCIONES, TODO PARA QUE PUEDAS CREAR UN SEÑUELO QUE RESULTE ATRACTIVO PARA LOS PECES.

MI PADRE ACABABA DE DARME UNA ORDEN DESCOMUNAL:

—2 DOCENAS DE NINFAS OREJA DE LIEBRE, NÚMEROS 10 Y 12 MEZCLADOS.

—3 DOCENAS DE ATRACTORES NARANJAS, NÚMERO 14.

—1 DOCENA DE WOOLLY BUGGER ESPECIALES,
NÚMERO 8.
—2 DOCENAS DE PARACAÍDAS ADAMS MORADOS,
NÚMERO 12.

AQUELLO ERA, NO CABE DUDA, UN RECORDATORIO
DE QUE YO NO ESTABA DANDO LA TALLA EN LA TIENDA.
TODO EL MUNDO SABE QUE FITZ ES UNA MÁQUINA
HACIENDO MOSCAS. OCHO DOCENAS DE MOSCAS, QUE
REPRESENTAN UNOS DOSCIENTOS DÓLARES EN VENTAS,
NO SUPONEN NADA PARA FITZ.

—SI USTED QUIERE —LE DIJO FITZ A MI PADRE—,
YO PUEDO MONTAR UN PAR DE DOCENAS EN UN
SANTIAMÉN ANTES DE IRNOS.

AHORA SÍ QUE LO HABÍA HECHO: HABÍA IDO
DEMASIADO LEJOS. YO ESTABA ARDIENDO DE
RESENTIMIENTO, SOBRE TODO PORQUE SABÍA QUE FITZ
PODRÍA HACER UNA DOCENA DE MOSCAS PERFECTAS
EN MUCHO MENOS TIEMPO DEL QUE TARDARÍA YO EN
HACER SEIS CHUNGAS.

—RYAN TIENE TODO EL DÍA Y PARTE DE LA NOCHE
—REPLICÓ MI PADRE—. Y NO HABRÁ TELÉFONO MÓVIL
QUE LO DISTRAIGA.

Oh, oh, ese comentario tenía muy mala pinta. Mi padre alargó la mano con expectación y mi madre fue derecha hacia la puerta, pues sabía que yo intentaría enfrentarlos. Se marchó antes de que yo pudiera gritar: "¡Mamá, venga, díselo tú! ¿Cómo voy a llamarte cuando necesite que me cambies el pañal?".

Entonces le lancé a mi padre mi mirada más furibunda y saqué la batería del móvil antes de entregarle el resto. Él se alejó, mascullando algo sobre cómo habíamos llegado a eso. Fitz se encogió de hombros, como ante un caso perdido, pues sabía de sobra que, por mucho que los padres te digan que no van a leer tus mensajes, lo harán. Está escrito en las leyes de la física parental. Ellos no pueden evitarlo, incluso aunque te hayan dicho que no lo harían.

Cuando se marcharon, me sentí un poco mejor por una razón: era evidente que mi padre aún no había llamado al de Sarah. Si lo hubiera hecho, lo habría mencionado. Era imposible que supiese que Sarah estaba de viaje y que no me dijera nada. En realidad, era de esperar. Cuando el río bulle

DE PECES, MI PADRE ES COMO UN PESCADOR ZOMBI:
PESCAR, COMER, DORMIR, REPETIR. SU CEREBRO ESTÁ
COMPLETAMENTE IDO.

LA TIENDA ESTABA TRANQUILA Y YO TENÍA
NOVENTA Y SEIS MOSCAS PARA MONTAR, LO CUAL ES
UNA EMPRESA COLOSAL PARA UN CHICO AL QUE FITZ
LE GUSTA LLAMAR "DEDOS DE TRAPO". ÉL PUEDE
HACER ALREDEDOR DE DOCE MOSCAS EN UNA HORA,
ESPECIALMENTE LAS FÁCILES, Y FÁCILES ERAN LAS
QUE MI PADRE ME HABÍA ENCARGADO (OTRO MENSAJE
MUY POCO SUTIL SOBRE MI FALTA DE DESTREZA EN
ESTE APARTADO). LA LISTA QUE ME HABÍA DEJADO
ERA UNA ESPECIE DE "MONTAJE DE MOSCAS PARA
PRINCIPIANTES", PERO TENDRÍA SUERTE SI ACABABA
OCHO EN UNA HORA, LO CUAL SIGNIFICABA QUE,
AUNQUE NO PARASE PARA IR AL CUARTO DE BAÑO NI
PARA COMER, SEGUIRÍA TRABAJANDO CUANDO ELLOS
REGRESARAN.

DE MODO QUE ME PUSE MANOS A LA OBRA MIENTRAS
VARIAS PREGUNTAS SIN RESPUESTA ME DABAN VUELTAS EN
LA CABEZA:

—¿QUÉ DIABLOS SIGNIFICA EL 311?

—¿Cuánto se cabreará Sarah cuando descubra que vuelvo a estar ilocalizable?

—¿Cómo narices voy a hacer noventa y seis moscas sin quedarme dormido?

MIÉRCOLES, 22 DE JUNIO, 3.00 P.M.

CUATRO HORAS, UN SÁNDWICH Y TREINTA Y SIETE MOSCAS. ¡NO ESTÁ MAL! CREO QUE VOY ALGO POR DELANTE DE LO PREVISTO, Y TENGO UNA IDEA SOBRE EL NÚMERO 311. NO PUEDO LLAMAR A SARAH CON EL TELÉFONO DE LA TIENDA PORQUE SÉ QUE MI PADRE REVISARÁ LA LISTA DE LLAMADAS EN CUANTO REGRESE. AHORA YA NI SIQUIERA TENEMOS TELÉFONO FIJO EN CASA, SOLO MÓVILES EN EL BOLSILLO, LO CUAL ES UN DESASTRE. ESO ME DEJA PRÁCTICAMENTE EN UN CALLEJÓN SIN SALIDA A LA HORA DE CONTACTAR CON SARAH, QUE SEGURO QUE A ESTAS ALTURAS YA ESTÁ CASI EN MEMPHIS.

VOY A CERRAR LA TIENDA Y A DAR UN PASEO POR LA CALLE.

ME PARECE QUE GLADYS MORGAN PODRÍA AYUDARME CON LOS NÚMEROS. ELLA LLEVA VIVIENDO AQUÍ UNA ETERNIDAD Y UN DÍA, DESDE LOS TIEMPOS EN QUE EL APÓSTOL RECORRÍA LAS ACERAS INTENTANDO CONVERTIR A LA GENTE. SI ALGUIEN DEL PUEBLO SUPIERA QUÉ SE TRAÍA ENTRE MANOS EL APÓSTOL, SERÍA LA VIEJA GLADYS.

MIÉRCOLES, 22 DE JUNIO, 4.39 P.M.

LLEVO MÁS DE UNA HORA SIN TRABAJAR EN LAS MOSCAS, ASÍ QUE VOY CON CIERTO RETRASO, PERO HA VALIDO LA PENA.

HE AVERIGUADO QUÉ SIGNIFICA EL 311. O, PARA SER MÁS PRECISOS, GLADYS MORGAN LO HA AVERIGUADO POR MÍ. ESTO ES TREMENDO: QUIERE DECIR QUE TENEMOS LAS CUATRO LOCALIZACIONES. QUIERE DECIR QUE TENEMOS LA OPORTUNIDAD DE RESOLVER ESTA LOCURA.

EL NÚMERO 311, DISPARADO VIOLENTAMENTE POR EL WINCHESTER COMO UNA BALA EN EL CAMPO DE

BATALLA, PODRÍA SIGNIFICAR MUCHÍSIMAS COSAS. POR LO QUE SABÍAMOS, ESTABA RELACIONADO DE ALGÚN MODO CON EL RIFLE WINCHESTER.

EN CUANTO ENTRÉ EN LA POLVORIENTA BIBLIOTECA Y EMPECÉ A ACRIBILLARLA CON PREGUNTAS, LA VIEJA Y APERGAMINADA GLADYS ME CONDUJO DIRECTA Y DEPRISA A LA SOLUCIÓN. YO TENÍA QUE MANEJAR EL TEMA CON MUCHO CUIDADO PORQUE, AL IGUAL QUE MI PADRE, GLADYS HABÍA SIDO MIEMBRO DE LAS TIBIAS CRUZADAS, ASÍ QUE PODRÍA HACERME CUALQUIER COSA SI DESCUBRÍA QUE YO ESTABA DESENTERRANDO LA HISTORIA DE ESA ORGANIZACIÓN.

—OIGA, SEÑORITA MORGAN, ¿NO LE PARECE UN POCO MISTERIOSO EL NÚMERO TRES UNO UNO? —LE PREGUNTÉ.

—ESTÁS COMO UNA CABRA, MUCHACHO —REPLICÓ ELLA—. ¿NO DEBERÍAS ESTAR EN LA TIENDA?

—HOY HAY POCO TRABAJO Y NECESITABA UN DESCANSO.

—¿Y VIENES HASTA AQUÍ A MOLESTARME? ¿QUÉ ESTÁS TRAMANDO?

—NO ESTOY TRAMANDO NADA. ES QUE ME ABURRÍA, ESO ES TODO.

—Lo dudo mucho. —Ella se quedó reconcomiéndose durante un rato antes de volver a hablar, y ni siquiera entonces me dio una respuesta—. Los números pueden ser engañosos.

—¿Qué se supone que significa eso? —No me contestó, así que cambié de táctica—. ¿Conoció usted al Apóstol? El reverendo dice que el Apóstol sabía algo sobre el significado de los números.

Menuda mentira..., ¡y sobre un reverendo, ni más ni menos! Sentí calor en los dedos de los pies, como si fuera a hundirme en un lago de fuego.

Gladys era tan vieja como la draga. Si alguien sabía algo sobre el Apóstol, sería ella.

—Claro que conocí al Apóstol. Era un hombrecillo de lo más fastidioso. Se ponía gritar a todo el que encontraba.

—No lo entiendo.

Entonces Gladys me miró de una manera realmente curiosa, como si estuviera intentando ver dentro de mi cabeza.

—El Apóstol predicaba llamas y azufre, lo cual resulta más creíble si te lo gritan a la cara,

O ESO PENSABA ÉL. SOLÍA REPETIR ESOS NÚMEROS
UNA Y OTRA VEZ, COMO SI ESTUVIERA PROVOCANDO
A ALGUIEN. ERA UN TIPO MUY EXTRAÑO. ME ALEGRO
DE QUE YA NO ESTÉ. —PROCURÉ QUE RETOMARA
LA HISTORIA Y QUE ME CONTASE MÁS COSAS. ¿EL
APÓSTOL HABRÍA DICHO ALGO MÁS SOBRE NÚMEROS? —.
ESTO NO PUEDE LLEVAR A NADA BUENO —AÑADIÓ.

—LA ÚLTIMA VEZ LLEVÓ A CUARENTA MILLONES EN
ORO.

NO ES UNA MALA RESPUESTA, SI ME PERMITÍS QUE LO
DIGA.

GLADYS SOLTÓ UN PROFUNDO SUSPIRO Y SACUDIÓ LA
CABEZA.

—ÉL NO SOLO DECÍA NÚMEROS. HABÍA ALGO MÁS.
A LO MEJOR ESTABA PREDICANDO A SU MANERA CON
LA BIBLIA EN LA MANO, Y DE REPENTE SE DETENÍA
PARA GRITAR: "¡LA PUERTA TRES—UNO—UNO SE CIERRA
DE UN GOLPAZO Y ESTÁS MUERTO!". Y ENTONCES
GOLPEABA MUY FUERTE LA BIBLIA CON LA MANO. A
NADIE LE CAÍA BIEN ESE HOMBRE.

—ESO HE OÍDO.

GLADYS ME LANZÓ UNA MIRADA ACUSATORIA, Y
SUPE QUE ME HABÍA ACERCADO PELIGROSAMENTE A SU

RADAR DE TIBIAS CRUZADAS, DE MODO QUE ANTES DE QUE ELLA PUDIERA EMPEZAR A PREGUNTARME A MÍ, ME LARGUÉ CORRIENDO A LA TIENDA.

CUANDO LLEGUÉ, ENCONTRÉ A DOS FORASTEROS ESPERANDO: ESTABAN BUSCANDO CLASES DE PESCA GRATIS. LES INDIQUÉ LA DIRECCIÓN CORRECTA TAN RÁPIDO COMO PUDE, Y LUEGO ENCENDÍ EL ORDENADOR DE LA TIENDA PARA ESCRIBIR LA FRASE DEL APÓSTOL EN UN BUSCADOR DE INTERNET.

¡LA PUERTA 311 SE CIERRA DE UN GOLPAZO Y ESTÁS MUERTO!

ME ANGUSTIÉ AL ESCRIBIRLA, COMO SI HUBIERA RECITADO UNA ESPECIE DE ENSALMO Y EL FANTASMA DEL VIEJO JOE BUSH ESTUVIESE A PUNTO DE ENTRAR, CONJURADO DE ENTRE LOS MUERTOS.

SIN EMBARGO, EL BUSCADOR REACCIONÓ DE FORMA MUY DISTINTA Y ME LLEVÓ A UN ENLACE QUE ME HIZO SUSURRAR LA PALABRA BINGO EN CUANTO LO VI.

INSTITUTOS EMBRUJADOS.

UNOS DIEZ SEGUNDOS MÁS TARDE, ABANDONÉ LA IDEA DE NO USAR EL TELÉFONO DE LA TIENDA PARA LLAMAR A SARAH.

MIÉRCOLES, 22 DE JUNIO, 5.12 P.M.

EL 311 ERA EL NÚMERO DE UN AULA DE UN INSTITUTO CONSTRUIDO EN LA DÉCADA DE 1800. SE DECÍA QUE LA CLASE ESTABA EMBRUJADA. SE CERRABA CON LLAVE POR SÍ SOLA. CUANDO NADIE PODÍA ACCEDER A ELLA, SE OÍAN SONIDOS INEXPLICABLES EN SU INTERIOR. TODO ESO ERA MUY INTERESANTE, Y, TODAVÍA MEJOR, AHORA YA SABÍA DÓNDE HABÍA ESCONDIDO EL A-PÓSTOL LO QUE NECESITÁBAMOS ENCONTRAR. Y NO ERA DENTRO DEL INSTITUTO, SINO FUERA, DONDE SARAH PODRÍA COGERLO SIN SER VISTA (ESO ESPERABA YO).

Coge la llave en la farola marcada 3. Ve a 4 y abre la puerta.

2.

COGE LA LLAVE EN LA FAROLA MARCADA 3. VE A 4 Y ABRE LA PUERTA...

YO SABÍA QUÉ SIGNIFICABA ESO, ¡Y ERA BUENO!

Debía de haber luces en el exterior, luces que llevarían allí mucho tiempo. Sarah no tendría que esperar a la mañana; de hecho, eso era exactamente lo que ella NO QUERRÍA hacer. Tendría que colarse en los terrenos del instituto cuando hubiera oscurecido, encontrar la farola marcada con un 3 (significara eso lo que significase), coger la llave y pasar al número 4, donde abriría la puerta. Esta pista sería muchísimo mejor si tuviera sentido, pero la mente de Sarah se vuelve muy rápida después de medianoche, así que es posible que ella lo resuelva. Y en esta ocasión yo estaré a su lado.

¿Qué tiene de malo el aula 311? Que está en Springfield, Missouri, justo en la dirección opuesta a la que lleva Sarah.

Ella contestó a mi llamada y empezó a echarme la bronca antes de que yo pudiese contarle qué había descubierto.

—¿Dónde has estado? ¿Tienes idea de cuántas veces he intentado contactar contigo? Este no es un buen momento para dejarme esperando, Ryan. ¡No es un buen momento!

Yo me disculpé unas cincuenta veces y le conté qué había sucedido con mi padre. Nos había pillado, o por lo menos empezaba a sospechar, y debíamos ser muy cuidadosos. En cuanto logré tranquilizarla, Sarah se sintió tan feliz de oír mi voz que yo me puse muy contento. Era como si fuéramos las dos únicas personas del mundo, ocupándonos de nuestros asuntos en secreto. Era un sentimiento estupendo, pero también hizo que la extrañase más que nunca.

¿Qué era lo que yo deseaba hacer realmente? Montarme en el monovolumen de mi madre y conducir hacia Sarah hasta que chocáramos. Habría conducido treinta horas seguidas para encontrarla si supiera que mi decisión quedaría sin castigo.

Oí ruido de fondo y le pregunté a Sarah dónde estaba, preparándome para las malas noticias.

—En un Steak 'n Shake. ¿Sabes lo más gracioso de este lugar? Que aunque hacen honor a su nombre con los batidos, no creo que hagan bistecs. Aunque preparan un queso a la parrilla bastante bueno.

¡Cuántos restaurantes raros! ¿Dónde estaban los McDonald's y los Burger King?

—Esta noche voy a parar en un Cracker Barrel, para tomar un desayuno nocturno. En ese sitio preparan unas tortillas magníficas.

—¿En qué Steak 'n Shake estás? Quiero decir, ¿en qué ciudad?

—En Memphis. Llevo una hora de adelanto sobre mi plan de ruta.

Al oír cómo sorbía un batido, me entraron ganas de adivinar de qué sabor sería (habría apostado por el chocolate), pero el tiempo era esencial.

—Mira, Sarah, tengo buenas y malas noticias —le expliqué.

Y procedí a contarle las novedades que he escrito antes; a ella casi le da algo.

—¿El Instituto Central de DÓNDE?

—Springfield, Missouri.

—Espera. —Oí que dejaba el teléfono sobre la barra y revolvía entre algunos papeles, probablemente mapas de la región. Unos segundos más tarde, estaba de vuelta—. Eso está a casi

QUINIENTOS KILÓMETROS EN DIRECCIÓN CONTRARIA,
PERO AL MENOS NO ESTÁ EN MONTANA. LAS COSAS
PODRÍAN SER MUCHÍSIMO PEOR.

UNA PARTE ABSURDA DE MI PERSONALIDAD QUISO
RECORDARLE QUE LA MEJOR PESCA CON MOSCA DEL
MUNDO ESTABA EN MONTANA, Y QUE A MÍ ME HABRÍA
ENCANTADO SALIR DISPARADO HACIA ALLÍ PARA ATRAPAR
UNOS CUANTOS PECES MIENTRAS CONTRIBUÍA A NUESTRO
EMPEÑO, PERO LO DEJÉ ESTAR. LLEGAMOS A LA
CONCLUSIÓN DE QUE LE COSTARÍA CINCO HORAS IR DE
MEMPHIS A SPRINGFIELD, Y QUE PARA ENTONCES YA
SERÍA TARDE, Y DE NOCHE. SE SUPONÍA QUE SARAH
DEBÍA LLEGAR A LITTLE ROCK ANTES DEL ANOCHECER,
PERO ESO NO IBA A OCURRIR.

—ME CUBRIRÉ LAS ESPALDAS —DIJO MI AMIGA—.
NO CREO QUE MIS PADRES VAYAN A MANDAR A LA
CABALLERÍA ASÍ COMO ASÍ.

TRAZAMOS UN PLAN: SARAH SALDRÍA
INMEDIATAMENTE HACIA SPRINGFIELD Y BUSCARÍA EL
HOTEL MÁS CERCANO AL INSTITUTO. MIENTRAS ELLA
ESTABA EN CAMINO, YO DEBÍA TERMINAR DE AVERIGUAR
QUÉ TENDRÍA QUE HACER EN EL INSTITUTO. AL DÍA
SIGUIENTE SARAH ENTRARÍA EN EL INSTITUTO LO MÁS

TEMPRANO POSIBLE, Y LUEGO SE ENCAMINARÍA HACIA LITTLE ROCK CON UN DÍA DE RETRASO.

—LO SIENTO, SARAH, ESTO NO ESTÁ SALIENDO COMO YO PENSABA.

—QUÉ CURIOSO: ESTÁ SALIENDO EXACTAMENTE COMO YO ME ESPERABA. ¡POR ESO ES PERFECTO! NO TE PREOCUPES, VA A SER GENIAL. TÚ INVESTIGAS Y YO HAGO EL TRABAJO DE CAMPO: SOMOS EL EQUIPO PERFECTO.

ENTIENDO QUÉ QUIERE DECIR, PERO EN LO MÁS PROFUNDO SIGO SINTIÉNDOME UN FIASCO. OJALÁ FUERA YO QUIEN CONDUCE TODA LA NOCHE, PERSIGUIENDO LEYENDAS URBANAS Y ALIMENTÁNDOSE CON HAMBURGUESAS Y BATIDOS. ESTAR ABURRIDO ES UNA COSA, PERO SENTIRSE ATRAPADO SUPONE UN NIVEL DE INCAPACIDAD DIFERENTE. SARAH ESTÁ AHÍ FUERA, VIVIENDO EN LIBERTAD, ¿Y QUÉ ESTOY HACIENDO YO? MONTANDO UN PUÑADO DE ESTÚPIDAS MOSCAS Y VIENDO CÓMO SE SECA LA PINTURA.

SARAH Y YO HABLAMOS SOBRE LA FRASE DE LA FAROLA Y LOS NÚMEROS, Y ELLA COINCIDIÓ CONMIGO: TENDRÍA QUE IR ALLÍ POR LA NOCHE, CUANDO NO HUBIESE NADIE CERCA.

—Esta noche, instituto embrujado, Springfield —dijo Sarah, y entonces noté que se levantaba para ponerse en marcha—. Me muero de ganas.

Y luego se fue. Yo todavía tengo cincuenta y nueve moscas por hacer. Sarah tiene que engañar a sus padres y conducir durante cinco horas. Con un poco de suerte, los dos habremos logrado nuestro propósito para cuando mi padre regrese del río y me devuelva el móvil.

Recibí una llamada de Fitz que, en circunstancias normales, me habría puesto de muy buen humor. Esa llamada solo podía significar una cosa, que quedó perfectamente clara por el tono de frustración de Fitz.

—La eclosión ha terminado por completo. Es el día más lento desde hace semanas. Somos unos pescadores desdichados.

—¿Tan mal está el tema? —le pregunté.

—No tienes ni idea. Podríamos haber lanzado gusanos embadurnados en WD-40 y habríamos obtenido el mismo resultado: NADA DE NADA.

Por estos pagos corre la leyenda de que a los peces les gusta el aceite multiusos WD-40 más que su propia vida. Se dice que se pelearían entre sí para picar, pero yo jamás lo he probado.

Lo que Fitz me estaba contando era justo lo que yo necesitaba para regodearme. Yo salgo un día y consigo pez tras pez; Fitz sale al día siguiente y acaba trasquilado. Aquello debía ser como música para mis oídos, pero mi montón

DE MOSCAS NO PASABA DE SESENTA Y UNA. AÚN ME
QUEDABAN TREINTA Y CINCO POR HACER, Y YA TENÍA
LOS DEDOS DESPELLEJADOS DE TANTO ATAR.

—ESPERO QUE TENGAS MEJOR SUERTE LA PRÓXIMA
VEZ —FUE LO ÚNICO QUE PUDE MASCULLAR.

—ESTAREMOS EN LA TIENDA DENTRO DE UNOS
VEINTE MINUTOS. ¿QUIERES AYUDA PARA TERMINAR
LAS MOSCAS?

FITZ NO NECESITABA PREGUNTARME SI HABÍA
ACABADO; YA HABÍA VISTO MI TRABAJO Y CONOCÍA EL
RESULTADO DEMASIADO BIEN. SUPUSO QUE YA TENDRÍA
SETENTA, LO CUAL HIZO QUE ME SINTIERA PEOR DE LO
QUE YA ME SENTÍA. AL MENOS MI JORNADA IBA A
FINALIZAR UN POCO ANTES DE LO ESPERADO Y PODRÍA
RECUPERAR MI TELÉFONO.

ES GENIAL QUE FITZ ESTÉ DISPUESTO A AYUDARME,
SOBRE TODO DESPUÉS DE HABER QUEDADO EN MAL LUGAR
EN EL RÍO.

AHORA ESPERO TENER SETENTA MOSCAS CUANDO ÉL
ENTRE POR LA PUERTA.

Cuando Fitz regresó, intercambiamos nuestras tareas. Yo descargué y limpié los botes mientras él hacía veintiséis moscas en un tiempo récord. Mi padre ni se enteró. Supongo que si Fitz y yo fuéramos realmente competitivos, él habría encontrado la manera de que mi padre se enterara, pero todo quedó entre nosotros. Cuando Fitz terminó, me aconsejó que siguiera practicando con esas moscas, y yo le dije que siguiera practicando con esa pesca. Luego Fitz se montó en su vieja motocicleta y se marchó, dejando tras de sí una nube de humo azulado bajo la luz de la luna. Sabía cómo se sentía, pues yo había pasado por lo mismo. Nada te deja más agotado que remar en un bote todo el día mientras oyes cómo la gente se queja por no haber pescado nada. Es mortal.

Antes de devolverme mi móvil, mi padre examinó mi trabajo con las moscas y encontró algunas deficientes. Tengo que admitirlo: había veintiséis perfectas, pero el resto eran

DEFECTUOSAS. PROBABLEMENTE, LA MITAD DE ELLAS NI SIQUIERA FLOTARÍA.

—PODRÍA ROCIARLAS CON WD-40 —DIJE SIN CONVICCIÓN, ESPERANDO HACERLE SONREÍR.

ÉL ME TENDIÓ EL TELÉFONO Y SONRIÓ.

—NO SE PUEDE SER BUENO EN TODO. CREO QUE FITZ TIENE MALA SUERTE CON EL AGUA. HA SIDO EL PEOR DÍA DEL AÑO.

ME SENTÍ MAL POR LO BIEN QUE ME SENTABA OÍR ESO. NO ES JUSTO PARA FITZ, PERO DESDE LUEGO NO QUIERO QUE SE ACOSTUMBREN A TENERME TODO EL VERANO EN LA TIENDA CUANDO PODRÍA ESTAR PESCANDO. FITZ PODRÍA HACER MOSCAS, Y EMPIEZA A PARECER QUE YO TENGO "BUENA SUERTE" EN EL RÍO.

OJALÁ PUDIERA HACER QUE ESA SUERTE LLEGARA HASTA SPRINGFIELD, MISSOURI.

NO ME CABE DUDA DE QUE SARAH LA NECESITA.

Jueves, 23 de junio, 12.03 a.m.

Cuando por fin llamé a Sarah, ella estaba sentada en su coche frente al instituto. Llevaba un rato esperando y estaba impaciente, así que la conversación fue breve. Un minuto después de responder a mi llamada, Sarah ya estaba recorriendo los terrenos del instituto, inspeccionando la base de los postes de las farolas que iba encontrando. Algunas eran nuevas, porque el centro se había ampliado, pero había un ala entera que seguía conservando la antigua fachada y unas cuantas estatuas de patriarcas que, según Sarah, "parecen reales, como si estuvieran planeando saltar de sus pedestales y arrastrarme calle abajo".

Encontró una hilera de farolas que tenían toda la pinta de llevar allí muchísimo tiempo, y entonces empezó a darme buenas noticias.

—Vale, aquí hay un puñado de farolas, unas ocho más o menos, y todas tienen una base enorme. Son altas y finas, pero anchas por abajo. No están numeradas, aunque están en fila. Eso suena bien, ¿no?

Le dije que las contara desde un extremo de la hilera hasta llegar a la tercera, y que entonces viese si en la base había alguna especie de pestillo o portezuela de metal.

—¡Vaya! —exclamó, más alto de lo que me pareció sensato.

Había una pequeña puerta metálica, probablemente para acceder a la instalación eléctrica, pero hacía falta una llave Allen para abrirla. Sarah se maldijo por no haber cogido herramientas, aunque luego cruzó corriendo el recinto hasta su coche, pues llevaba una caja en el maletero.

Después de lo que se me antojó una hora, Sarah volvió junto a la farola, rebuscó entre un puñado de llaves de diferente tamaño y encontró la adecuada. Cuando por fin logró abrir la portezuela, metió la mano y palpó el interior.

—Creo que podría electrocutarme — declaró—. ¿Podrías decir Frankenstein?

Sentí el desafortunado impulso de decirle que la parte de la electrocución solo aparece en la película, no en la novela, pero seguramente aquel

NO ERA EL MOMENTO DE PONERSE LITERARIO CON MI MEJOR AMIGA. RESISTÍ LA TENTACIÓN DE HABLAR SOBRE MARY SHELLEY Y ME CENTRÉ EN EL ASUNTO QUE NOS OCUPABA, ES DECIR, LOGRAR QUE SARAH ESTUVIERA FUERA DE PELIGRO LO ANTES POSIBLE.

—VE CON CUIDADO. NO VA A PASARTE NADA.

—PARA TI ES MUY FÁCIL DECIRLO. TÚ ESTÁS EN CASA CON TODAS LAS PUERTAS CERRADAS, Y YO ESTOY INSPECCIONANDO LOS TERRENOS DE UN INSTITUTO EMBRUJADO.

—DE ACUERDO. PROCURA BUSCAR EN LA PARTE SUPERIOR, DONDE A NADIE SE LE OCURRIRÍA PENSAR QUE HAY ALGO.

LA OÍ HACIENDO TODO LO QUE PODÍA, Y ME LA IMAGINÉ CON EL BRAZO METIDO HASTA EL CODO EN LA BASE MIENTRAS INTENTABA HALLAR UNA LLAVE OCULTA. ¿Y SI SE ELECTROCUTABA DE VERDAD? ¿Y SI ALLÍ DENTRO HABÍA CABLES SUELTOS Y SARAH SE ACHICHARRABA EL BRAZO?

—¡LO TENGO! —CHILLÓ ENTONCES.

—¡SÍ! —CHILLÉ YO A MI VEZ, UN POCO DEMASIADO ALTO, Y MI MADRE SE DESPERTÓ. LO SÉ PORQUE LA OÍ GRITAR AL FINAL DEL PASILLO:

—¿Estás bien, Ryan?

No respondí. Mi madre es de sueño delicado y odia salir de la cama en plena noche. Cuando se despierta, le cuesta alrededor de una hora volver a dormirse. Sarah estaba protestando en mi oído, pero yo permanecí absolutamente quieto y callado. ¿Y si mi madre había salido sigilosamente al pasillo y estaba plantada ante mi puerta? Estuve observando todo un minuto si veía una sombra por debajo de la puerta, y al cabo solté un suspiro de alivio. Mi madre debía de haber vuelto a dormirse.

Sarah había encontrado una pequeña caja de metal colgada de un clavo muy arriba, donde nadie habría tenido una razón para mirar.

Aquello se estaba poniendo bien.

—Mi madre está alerta —le susurré—, así que tengo que hablar muy bajo. Oye, ¿cuántas estatuas hay?

—Yo estaba pensando lo mismo, y tienes razón: hay cuatro.

—Entonces ya sabes qué tienes que hacer.

<u>Coge la llave en la farola marcada 3. Ve a
4 y abre la puerta...</u>

Oí a Sarah corriendo, con la respiración más
jadeante de lo que debería. Empezaba a asustarse
o a ponerse nerviosa, lo percibí. Le hablé para
tranquilizarla, intenté que se sintiera mejor,
pero ella comenzaba a acusar la presión.

—No me gusta este sitio, Ryan. Hay algo que
no marcha bien.

—Mantén la calma. Puedes hacerlo. Debe de
haber una especie de portezuela con cerradura en
algún lugar de la base.

Sarah me dijo que sí la había, pero que las
manos le temblaban tanto que apenas podía meter
la llave. Además, el agujero de la cerradura
estaba completamente taponado con chicle reseco.

—Utiliza la llave Allen más pequeña que
tengas para quitarlo.

Ese fue un buen consejo, porque en un juego
de llaves Allen hay algunas como palillos,
perfectas para retirar chicle.

—Aquí hay alguien —apuntó Sarah—. Lo noto.
Voy a hacer un barrido con la cámara.

Intenté decirle que no lo hiciera, que se concentrase solamente en la cerradura, pero ella no me escuchó.

Todo quedó en silencio. Llamé a Sarah, pero no hubo respuesta. Incluso su respiración había cesado.

Entonces se cortó la comunicación telefónica.

Intenté llamarla dos veces, pero me saltó directamente el buzón de voz. Empecé a dar vueltas por mi cuarto. ¿Estaría Sarah viendo cosas? ¿Realmente habría alguien allí? ¿Qué estaba sucediendo?

Mi móvil vibró: un mensaje de texto.

Él está aquí.

Yo le contesté tan deprisa como me permitieron mis dedos.

¿Quién? Sal ahora mismo de ahí.

Su respuesta fue lo último que yo quería ver.

El viejo Joe Bush. Está aquí.

Nunca había estado tan cerca de ponerme a chillar en mi habitación. De hecho, chillé, pero poniéndome la almohada contra la cara.

Al cabo de unos segundos sonó mi teléfono; Sarah estaba de vuelta.

—Dime que estabas tomándome el pelo. Por favor, Sarah, dime que estabas bromeando.

—He regresado a mi coche. Estoy a salvo, pero no bromeaba. Él estaba ahí, Ryan. Justo ahí, plantado entre las sombras.

—Podría haber sido cualquiera.

Pronuncié esas palabras llevado más por la esperanza que por la realidad. Yo sabía que el viejo Joe Bush seguía ahí fuera. Yo mismo lo había visto.

—Tenía la cámara encendida, así que te lo enseñaré. Ahora mismo voy a largarme de aquí. Esto es una locura, Ryan. Una verdadera locura.

Y entonces se echó a reír. Estaba emocionada y muerta de miedo al mismo tiempo. A Sarah Fincher le encantan esa clase de aventuras, donde se arriesga mucho y donde los sustos resultan imprevisibles, pero esta la había afectado más de lo normal. Se había puesto a reír, aunque estaba a un pelo de empezar a llorar. Yo la conocía lo suficiente para saberlo.

Alguien nos está observando. Alguien lo sabe.

Y ese alguien estaba ahí fuera con mi amiga, vigilando lo que es suyo.

—Lo tengo. Tengo lo que se supone que debíamos encontrar.

Esas fueron las últimas palabras de Sarah antes de que entrara en el vestíbulo del hotel.

Cuando volvió a llamarme quince minutos más tarde, Sarah estaba tranquila. Se encontraba en su habitación, y creo que rendida de agotamiento. Estaba sana y salva en un cuarto cerrado con llave. Los dos nos sentíamos mejor.

Sarah había abierto la cajita de metal y había encontrado otro rollo de película, lo que significaba que el Apóstol estaba a punto de empezar a hablar de nuevo.

Pero había algo más.

Los padres de Sarah estaban mucho más disgustados de lo que ella se esperaba, y querían saber exactamente dónde se encontraba y por qué había cambiado de ruta.

—Menuda conversación telefónica la de esta noche... —comentó Sarah—. Pensaba que iban a decirme que diera media vuelta y regresara a casa.

Sarah los había llamado alrededor de las 9.00 para contarles que se había equivocado en Saint Louis, dirigiéndose hacia Springfield en lugar de hacia Little Rock, pero que no se

HABÍA DADO CUENTA HASTA QUE LLEVABA CUATRO HORAS CONDUCIENDO.

—LO QUE MÁS ME HA DOLIDO ES QUE MIS PADRES HAYAN PENSADO QUE REALMENTE SOY TAN BOBA —ME EXPLICÓ—. EN SERIO, ¿DE VERDAD ME CREEN CAPAZ DE CONDUCIR CUATRO HORAS EN DIRECCIÓN CONTRARIA SIN HABERLO HECHO A PROPÓSITO?

SUS PADRES NO NOS HABÍAN "PILLADO", COMO YO TEMÍA. NO; SEGÚN SARAH, HABÍAN LLEGADO MUCHÍSIMO MÁS LEJOS: LES INQUIETABA QUE SU HIJA FUERA IDIOTA. INTENTÉ CONVENCERLA DE QUE, EN ESTA SITUACIÓN EN PARTICULAR, RESULTABA BASTANTE ÚTIL QUE SUS PADRES LA CONSIDERARAN TONTA.

—PUEDES COMETER TANTOS ERRORES COMO QUIERAS. SE LIMITARÁN A PENSAR QUE TIENES MAL SENTIDO DE LA ORIENTACIÓN.

—RYAN, NO TE ENTERAS —ME CORRIGIÓ—. ESTA ES LA ÚNICA METEDURA DE PATA QUE VAN A PERMITIRME. ME HAN PAGADO UN HOTEL AQUÍ, PERO SOLO DESPUÉS DE INTERROGAR A LA MUJER DE RECEPCIÓN COMO SI FUERA UNA DELINCUENTE CONVICTA. ¡QUÉ BOCHORNO! SI ESTO VUELVE A PASAR, SUSPENDERÁN EL VIAJE. ESO HA DICHO MI PADRE.

QUÉ MAL. PERO QUÉ MAL, SOBRE TODO PORQUE QUEDAN AL MENOS UN PAR DE OCASIONES EN LAS QUE A SARAH LE COSTARÁ UN PEQUEÑO MILAGRO LLEGAR PUNTUALMENTE A DONDE LA ESPEREN.

SARAH ESTABA CANSADA DE CONDUCIR. DEMASIADA COMIDA BASURA, DEMASIADAS LUCES DE FAROS EN LA CARA Y MENOS DESCANSO DEL NECESARIO LA HAN PUESTO AL BORDE DEL AGOTAMIENTO.

AHORA YO TAMBIÉN ESTOY EXHAUSTO. ES HORA DE DORMIR UN POCO.

SI PUEDO.

Jueves, 23 de junio, 8.00 a.m.

Sarah se ha levantado muy temprano. Lo sé porque ha subido otro vídeo antes de echarse a la carretera en dirección a Little Rock.

Es aterrador en muchos sentidos.

Hay un perturbador documental de Sarah sobre las palabras "¡La puerta 311 se cierra de un GOLPAZO y estás muerto!". Esa frase no me ha gustado nunca, pero ahora no quiero volver a oírla mientras viva.

Hay un nuevo mensaje del Apóstol, más extraño que el primero.

Sin embargo, la parte más horrible, de largo, es lo que captó la cámara de Sarah mientras estaba en el instituto. Yo no tenía ni idea de qué había visto. Ella no me lo había dicho. No, así es la buena de Sarah: quería ENSEÑÁRMELO para que yo pudiera asustarme tanto como ella.

Este vídeo lo ha cambiado todo, y no recomiendo continuar con este diario hasta que lo hayáis visto.

Ahora el riesgo es muchísimo mayor.

SARAHFINCHER.COM
CONTRASEÑA:
GOLPAZO

JUEVES, 23 DE JUNIO, 9.24 A.M.

Comprendo por qué Sarah no me lo contó. Estaba conmocionada, pero creo que también pensó seriamente en regresar a su casa. Dice que va de camino a Little Rock, que cuando llegue se tomará un tiempo para decidir si quiere continuar o no. Estará allí hacia mediodía, descansará de verdad... y luego ¿qué? ¿Dirigirse a Boston o a Austin, Texas? El hogar es seguridad. Austin es el Driskill, el hotel más embrujado de Norteamérica. Yo la animaría a abandonar y volver a casa, o a encaminarse directamente a la Universidad de California y olvidarse del Apóstol y de todo lo demás.

Pero sé que no me escucharía.

Ninguno de los dos puede volverse atrás ahora.

Estamos demasiado metidos en esto.

No voy a perder tiempo en comentar las secuencias del instituto; eso quedará registrado únicamente en formato de vídeo. Pero anotaré las novedades que tenemos sobre las Tibias Cruzadas y el mensaje que nos ha mandado el fantasma del viejo Joe Bush.

121

Primero Joe, luego las Tibias Cruzadas.

He oído hablar de seres que son como espíritus benévolos, fantasmas que están aquí para protegernos, no para hacernos daño. Si yo creo en fantasmas, desde luego quiero creer en los de esa clase. Aquí está lo que dijo: "No estoy aquí para haceros daño, al contrario. Seguid adelante, pero no se lo contéis a nadie. Eso lo enfurecería más. Habéis despertado al Cuervo".

Vale, para empezar, ¿quién diablos es el Cuervo? Conozco el poema, y Sarah lo ha utilizado como contraseña, pero al parecer el Cuervo también es una persona o alguna clase de criatura que está enfadada con nosotros. Justo lo que necesitábamos: un gigantesco pájaro negro pisándonos los talones. ¿Y si es más grande que yo? Ni siquiera deseo pensar en el pico de un cuervo de ese tamaño.

Aun así, ¿qué es lo más interesante de esa grabación? Que el viejo Joe Bush podría estar de nuestro lado. Tengo cierta experiencia en estas cosas, y tiene sentido. Henry fingió ser el fantasma del viejo Joe Bush, pero eso no

SIGNIFICA QUE EL FANTASMA NO HUBIERA EXISTIDO JAMÁS.

TANTO SI ESE SER HA DOMINADO A HENRY COMO SI HENRY NO ESTÁ METIDO EN ESTO Y EL FANTASMA ES REAL, LA VERDAD ES LA MISMA: EL AUTÉNTICO JOE BUSH ERA UN BUEN TIPO. DESDE EL PRINCIPIO, SOLO PRETENDÍA PROTEGER EL PUEBLO.

CREO QUE AHORA ESTÁ INTENTANDO PROTEGERNOS A MÍ Y A SARAH.

PERO ¿PROTEGERNOS DE QUÉ?

DEL CUERVO, SEA LO QUE SEA O SEA QUIEN SEA.

LA SEGUNDA SECCIÓN DE LAS CUATRO QUE HAY EN LA ADIVINANZA APARECE EN EL VÍDEO, AL IGUAL QUE LA PRIMERA. LA PALABRA ES GROUND, TIERRA. SI LA PONEMOS JUNTO A LA PRIMERA, UNDER, DEBAJO, FORMA OTRA COSA: UNDERGROUND, BAJO TIERRA.

ESO NO SUENA DEMASIADO BIEN.

EL ÚLTIMO LUGAR EN EL QUE DESEO ESTAR CUANDO ESTO HAYA TERMINADO ES BAJO TIERRA.

COMO LAS TIBIAS CRUZADAS, ESTO SE VUELVE MÁS EXTRAÑO CADA VEZ, AL IGUAL QUE EL APÓSTOL. PARA MÍ, AHORA ESTÁ CLARO QUE EL APÓSTOL ESTABA CERCA DE LA CUMBRE DE LA JERARQUÍA DE LAS TIBIAS

CRUZADAS Y SE HIZO CARGO DE DOCUMENTAR LO QUE SABÍA. ADEMÁS, ESTABA ENFADADO. LAS PISTAS QUE DEJÓ SON COMO UNA ESPECIE DE SEGURO CONTRA LAS TIBIAS CRUZADAS, UNA MANERA DE DECIR: "EH, TRATADME CON RESPETO O LE CONTARÉ A TODO EL MUNDO LO QUE HABÉIS HECHO. TENGO EL DEDO EN EL GATILLO, ASÍ QUE NO OS METÁIS CONMIGO".

EL VÍDEO DEL APÓSTOL TAMBIÉN CONECTA A LAS TIBIAS CRUZADAS CON THOMAS JEFFERSON, DEL CUAL DESCONFIABAN. LAS TIBIAS CRUZADAS QUERÍAN DESTRUIR AL ANTIGUO PRESIDENTE, Y LO INTENTARON EN TRES OCASIONES: PRENDIERON FUEGO A SU CASA, LO LLEVARON A LA BANCARROTA Y..., LA TERCERA NO ES MÁS QUE UNA INSINUACIÓN, PERO PARECE COMO SI TUVIERA QUE VER CON QUEDARSE CON LOS BIENES DE JEFFERSON. Y POR FIN EL APÓSTOL HA ABIERTO LA PUERTA DE LA DRAGA Y DE SU IMPORTANCIA. LA COMPAÑÍA DE ORO Y PLATA DE NUEVA YORK FUE UN INVENTO DE LAS TIBIAS CRUZADAS. TODO ESE ORO, INCLUIDOS LOS MONTONES SACADOS DE SKELETON CREEK, ERA ORO DE LAS TIBIAS CRUZADAS. CREO QUE EL APÓSTOL QUERÍA MÁS DE LO QUE LOS DEMÁS ESTABAN DISPUESTOS A DARLE. SE VOLVIÓ AVARICIOSO.

Por desgracia para él, quizá fuese demasiado escandaloso para su propio bien.

Acabó flotando boca abajo en el río, ¿y quién se llevó el mérito de aquel pequeño "accidente"?

Henry.

Quedan pocas dudas: Henry y el Apóstol eran miembros importantes de las Tibias Cruzadas y al final fueron enemigos.

Si hubiera tres miembros en la cumbre de esa oscura organización, yo diría que la tercera persona era el Cuervo.

La gran pregunta que se me plantea ahora es:

¿Hasta dónde está involucrado mi padre?

Se me ha metido una mala idea en la cabeza, y no puedo dejar de darle vueltas.

¿Y si mi padre es el Cuervo?

Jueves, 23 de junio, 2.30 p.m.

Fitz y yo fuimos a la cafetería a por unas hamburguesas y patatas fritas y hablamos de pesca, pesca y más pesca. Por qué la eclosión fluvial había terminado tan repentinamente, qué hace buena a una mosca y qué la hace mala (la persona que las monta, obviamente), el pez más grande atrapado jamás, el mayor número de capturas en un día, una hora, un minuto (Fitz me dijo que una vez cogió tres en un minuto, aunque creo que estaba mintiendo)... Fitz podía hablar de la misteriosa empresa de pescar una trucha como mi madre podía hablar de Bon Jovi.

Menciono eso porque mi madre es producto de la década de los 80, y nunca deja de escuchar música de su "época". Journey es uno de sus grupos favoritos. También le gustan Asia, Def Leppard, REO Speedwagon y Styx. Pero Bon Jovi es el rey del rock de los 80, según mi madre, la medicina perfecta tras un largo día de trabajo. He oído su canción Livin' on a Prayer cinco millones de veces como mínimo.

Mi madre tiene dos amigas de la universidad que viven en Seattle, y las tres van a un concierto de Bon Jovi el próximo martes por la noche. Mi madre solo habla de eso desde hace días; se lo mencioné a Fitz y valió la pena, pues me contestó:

—Pero ese tío tiene unos cien años, ¿no? Debe de haber vendido su alma al diablo.

—Lo que sé es que mi madre estará fuera del lunes al miércoles, y estoy deseando que llegue el momento. Mi padre y yo comeremos por ahí, veremos la tele y pescaremos hasta medianoche. Será genial.

—Suena de maravilla. Dime que vas a invitarme.

—Te costará cuatro docenas de moscas con mi nombre. Pero no puedes hacerlas perfectas: tienen que ser _casi_ perfectas. De lo contrario, mi padre sabrá que las has hecho tú.

—De acuerdo.

Era estupendo saber que podría contar con cuarenta y ocho moscas hechas por Fitz para cuando quisiera. Representaban muchas horas de trabajo, y yo necesitaba disponer de tiempo

EN CASO DE QUE VOLVIERA A QUEDARME SOLO EN LA TIENDA. AL PENSAR EN ESO, CAMBIÉ DE TÁCTICA.

—HA DE SER UN PAGO POR ADELANTADO, FITZ —AÑADÍ—. VOY A NECESITAR ESAS MOSCAS PARA MAÑANA POR LA MAÑANA, SOLO PARA ESTAR SEGURO. NUNCA SE SABE CUÁNDO PODRÍAN HACERME FALTA.

—EL ÚNICO PROBLEMA QUE VEO ES HACERLAS IMPERFECTAS. ESO VA A PONER A PRUEBA MI HABILIDAD.

ME CAE BIEN FITZ. LE GUSTAN LAS MISMAS COSAS QUE A MÍ Y ES UN TÍO DIVERTIDO. TENGO LA SENSACIÓN DE QUE CON ESTE TÍO, LA PRÓXIMA TEMPORADA DE FÚTBOL SERÁ DESTERNILLANTE MIENTRAS CHUPAMOS BANQUILLO.

NO ES LO MISMO QUE TENER A SARAH CERCA, PERO ALGO ES ALGO.

JUEVES, 23 DE JUNIO, 8.00 P.M.

DESPUÉS DE LA PAUSA PARA ALMORZAR, MI PADRE Y YO PASAMOS UNAS HORAS EN EL RÍO PARA VER SI LAS COSAS SE HABÍAN ENDEREZADO, Y DESCUBRIMOS QUE SÍ. NO LLEVÁBAMOS CLIENTES, PERO LOS PECES VOLVÍAN A ATACAR A LAS MOSCAS SECAS DE LA SUPERFICIE, ASÍ QUE LAS COSAS ESTABAN MEJORANDO. ERA MUY POSIBLE QUE DURANTE EL FIN DE SEMANA APARECIERAN ALGUNOS PESCADORES SERIOS PROCEDENTES DE BOISE O INCLUSO DE PORTLAND.

FITZ HIZO TODAS LAS MOSCAS QUE ME DEBÍA MIENTRAS ESTÁBAMOS FUERA, LO CUAL NO DEBERÍA HABERME SORPRENDIDO, PERO AUN ASÍ ME SORPRENDIÓ. ME ENSEÑÓ EL RESULTADO CUANDO MI PADRE NO ESTABA MIRANDO, Y A MÍ ME COSTÓ MUCHÍSIMO ENCONTRARLES DEFECTOS.

—CONFÍA EN MÍ, RYAN: ESTAS MOSCAS NO SON PERFECTAS. PERDERÍA TODO EL RESPETO POR MÍ MISMO SI SE LAS DIESE A TU PADRE.

—¿TE HE MENCIONADO QUE HEMOS COGIDO PECES A PALETADAS?

—LO HAS MENCIONADO, Y ERES UN ASCO.

FITZ Y YO PASAMOS UN BUEN RATO BROMEANDO EN LA TIENDA. ERA REALMENTE AGRADABLE. YO tenía cuarenta y ocho moscas en la mochila, un simpático payaso como compañero de trabajo y un fructífero día de pesca a mis espaldas. Solo podía desear que Sarah hubiera disfrutado de su jornada en Little Rock como yo de la mía en Skeleton Creek.

A la hora de la cena fui a casa y hablé con mi madre, que había puesto a Bon Jovi a un volumen atronador para que la música llegara hasta la calle. Ninguna barbacoa vale semejante tortura, y se lo dije mientras ella daba vueltas a las hamburguesas.

—Nadie del pueblo quiere a Joe Bonjy berreando calle abajo y colándose por la puerta.

Desde hacía mucho tiempo, yo había dejado de llamar a ese tipo por su verdadero nombre, y mi madre lo detestaba.

—Bon Jovi es una leyenda. Algún día lo comprenderás y me agradecerás que te haya dado a conocer un poco de música auténtica.

Ni en sueños, mamá. Por favor, ¿puedes darme mi hamburguesa con queso? Y por el bien de los

ADOLESCENTES DE TODO EL MUNDO, HAZME EL FAVOR DE DEJAR DE BAILAR EN EL PORCHE.

Horrorizado, vi cómo mi madre levantaba la espátula como si fuera una baqueta y empezaba a aullar sobre la parrilla, y entonces seguí dibujando en mi diario. Solo había conseguido fomentar su mal comportamiento. Sería mejor mantener la boca cerrada hasta que mi padre volviera a casa y acabara con el concierto.

Estuve dibujando un mapa de dónde había estado Sarah, adónde se dirigía y qué había encontrado. Había hecho progresos importantes, no cabe duda, pero aún le quedaba la mayor parte del viaje, y eso me preocupaba. Un día de descanso en Little Rock, Arkansas, podría haber dado al traste con la excursión, y Sarah había estado alarmantemente callada todo el día. Yo estaba dándole espacio, sin incordiarla, dejándola tranquila unas cuantas horas.

Este es el mapa que dibujé:

EL VIAJE DE SARAH
6 DÍAS

Me quedé en el porche comiéndome la hamburguesa y espantando a las moscas de mis Doritos.

Solo podía pensar en Sarah.

¿Mañana se dirigirá hacia mí o irá en dirección contraria?

Viernes, 24 de junio, 8.04 a.m.

A lo mejor no debería estar tan entusiasmado, pero lo estoy. Sarah vuelve a estar en la carretera, y va derecha hacia Austin, Texas. Se ha puesto en marcha temprano, y debería llegar al hotel Driskill alrededor de las cinco de la tarde. Después de pasar por allí tendrá que seguir adelante hasta San Antonio, donde vive otro de los parientes de la señora Fincher. La señora Fincher procede de una gran familia: son tres hermanas y dos hermanos. Hace años que se marcharon de Skeleton Creek, lo cual ha resultado de lo más conveniente para Sarah.

Esto está funcionando de verdad..., lo estamos consiguiendo. O, para ser más exactos, lo está consiguiendo Sarah. Yo soy una especie de lejano copiloto, y eso me mata más cada día. Lo que más deseo en el mundo es estar ahí fuera con ella, o incluso ahí fuera yendo en otra dirección; cualquier cosa que me saque de este pueblo y me embarque en algo emocionante.

Conforme pasan los días empiezo a parecerme más a Sarah, lo cual me encanta. La gente, la música, los largos y aburridos días en la tienda de moscas... Supongo que todo está dándome unas ganas locas de viajar por carretera.

Hemos investigado sobre el Driskill, y Sarah me advirtió que le sería casi imposible realizar un documental sobre el tema, pues llegará tarde a San Antonio y el sábado por la mañana debe ponerse de nuevo en marcha, esta vez hacia Phoenix. Después de eso, le quedará otra larga etapa hasta San José para la última localización —la mansión Winchester—, y luego tendrá que dirigirse a Los Ángeles para el curso de cine, que se inicia el lunes a las diez de la mañana. En algún momento necesitará pasar toda una noche en blanco, o no podrá conseguirlo.

Mi padre me sorprendió con lo que seguro que consideraba unas noticias increíblemente buenas, aunque en realidad eran un poco de todo.

—Alguien, al regresar a Boise, ha corrido la voz del magnífico día que tuvimos la semana pasada. Ya sabes, el día de la avalancha de peces —comenzó. Estaba comiendo avena integral, una nueva costumbre para compensar la grasienta barbacoa estival que habíamos disfrutado—. Esta mañana he recibido un correo electrónico de un grupo de cuatro. Han elegido el cuarenta y ocho horas.

—¿Cuándo? —le pregunté.

—El martes y el miércoles... Esperemos que los peces piquen.

Mi padre había preparado una descabellada oferta de dos días de pesca, con acampada en la orilla, a lo largo de un trecho de río de veintisiete kilómetros. En condiciones normales yo habría preferido morir a ver cómo Fitz tripulaba el segundo bote y servía el pollo frito, pero en esta ocasión no se me ocurría nada que me apeteciese menos.

—Tu madre estará en Seattle de concierto, así que no puedo dejarte solo en casa. Tú te vienes de excursión. Fitz se quedará en la tienda y hará un millón de moscas mientras estamos fuera.

Se me cayó el alma a los pies. No solo tendría que retirar mi invitación a Fitz y devolverle todas las moscas imperfectas que había montado para mí, sino que también tendría que

ESTAR EN EL RÍO EN UN MOMENTO CRÍTICO. ¿Y SI SARAH ME NECESITABA Y YO ESTABA COMPLETAMENTE FUERA DE SU ALCANCE DURANTE DOS DÍAS? ESTABA PREVISTO QUE, PARA ENTONCES, ESTUVIESE YA EN EL CURSO DE CINE, PERO AUN ASÍ, CONOCIENDO A SARAH, SI APARECÍA UNA QUINTA LOCALIZACIÓN, ELLA FINGIRÍA QUE ESTABA ENFERMA UN DÍA O DOS Y SE IRÍA A BUSCARLA.

SIN EMBARGO, ERA IMPOSIBLE CUESTIONAR LA DECISIÓN DE MI PADRE. SI OFRECÍA MI LUGAR A FITZ, ÉL SE REAFIRMARÍA EN SU POSICIÓN Y SOLTARÍA CON SU TONO MÁS SEVERO: "VAS A IR. NI INTENTES LIBRARTE DE ESTO".

LUEGO DEJÓ CAER OTRA BOMBA.

—ANOCHE HABLÉ CON EL PADRE DE SARAH. ¿CÓMO ES QUE NO NOS HAS MENCIONADO QUE SARAH ESTABA CRUZANDO NORTEAMÉRICA ELLA SOLA?

DEBÍA PENSAR RÁPIDO PORQUE, POR ALGUNA ESTÚPIDA Y DESCONOCIDA RAZÓN, NO ME HABÍA PREPARADO PARA ESE MOMENTO EN PARTICULAR.

—ESAS SON LAS COSAS QUE HACE SARAH, PAPÁ. CHARLO CON ELLA CUANDO ESTÁ ABURRIDA, PERO ES ASUNTO SUYO. HABLANDO DEL TEMA..., TENGO CARNÉ DE CONDUCIR, YA LO SABES. ¿CÓMO ES QUE YO NO HE CRUZADO NUNCA EL PAÍS?

Poner algo de humor, eso era justo lo que necesitaba.

De hecho, mi madre se echó a reír al oírme, como si me hubiera vuelto loco. Mi padre, por su parte, recitó de un tirón todas las razones por las que no iba a alejarme de allí al volante, y añadió que debía valorar las ocasiones en las que me permitían conducir: "Sarah tiene un año más que tú, sus padres son idiotas, ella tiene familia repartida por todo el país, alégrate de poder conducir la camioneta hasta el río".

Estupendo: había conseguido apartar su atención de Sarah para trasladarla al miedo que sentían por mí cuando conducía. Misión cumplida, por ahora. Mi padre volvió a lanzarme su mirada recelosa, pero como buen fanático de la pesca, él también estaba distraído. Había mucho que organizar para una salida de dos días, y su cerebro estaba ocupado. En su cabeza no había espacio para demasiados temas importantes y, momentáneamente, su floreciente negocio tenía prioridad sobre su inquietud por una adolescente chiflada que venía más o menos hacia nosotros.

Viernes, 24 de junio, 2.00 p.m.

A mi padre le daba pena Fitz, así que se lo llevó todo el día al río, pero no sin descubrir el pastel sobre la excursión de la próxima semana. Fitz amenazó con quitarme sus moscas, pero cuando se las tendí y él las examinó, se le agrió la expresión. Es un auténtico esnob para las moscas.

—Quédatelas. Vas a necesitar mucho material en esa excursión.

Mi padre ya había encargado otras cuatro docenas para hoy, así que las palabras de Fitz me sonaron a gloria. Con las piezas imperfectas de Fitz en las manos, podía holgazanear todo el día si me apetecía, ayudar a los posibles clientes y, sobre todo, relajarme hasta que Sarah apareciese en Austin, alrededor de las 3.00 p.m. en mi zona horaria.

Ellos salieron del aparcamiento de la tienda a mediodía, y yo empecé a buscar información seria sobre el hotel Driskill. Como creo que Sarah no podrá hacer un documental sobre él, voy a dejar constancia de mis descubrimientos mientras todavía hay luz y me siento razonablemente a salvo.

Ya he mencionado la parte sobre los espejos y cómo al mirarlos se ve el reflejo de la dama muerta que después aparecerá en tus pesadillas para EL RESTO DE TU VIDA... Lo siento, tenía que decirlo "GRITANDO" porque suena espantoso. En cualquier caso, la dama muerta de tus sueños es solo la mitad del asunto. En el Driskill hay más sucesos paranormales confirmados que en ningún otro lugar del país. Aquí van algunos de los más escalofriantes:

— Hace mucho tiempo, se alojó allí una niña que tenía una pelota roja. Salió a hurtadillas de la habitación de sus padres y empezó a bajar la escalera, tremendamente larga, botando la pelota. Entonces se cayó, fue rodando hasta el pie de la escalinata y se rompió el cuello. Supongo que acabaría toda desmadejada en el suelo, horroroso. Ahora, el servicio de señoras del segundo piso, la escalinata y el vestíbulo están embrujados con el sonido de una pelota que va botando y de una niña que te susurra al oído.

—El primer propietario del hotel adoraba ese lugar, pero acabó completamente arruinado intentando construirlo. El tipo fumaba puros como un loco, y en ocasiones un olor a puro aparece en distintas partes del edificio sin ninguna razón. Humo de _puro_. En un hotel donde está prohibido fumar.

—La Novia de Houston es otra visión confirmada. Se trata de una dama que se suicidó en una de las habitaciones después de que su prometido suspendiera la boda. La han visto intentando entrar en habitaciones cargada de bolsas llenas de cosas, aparentemente compradas con el dinero del prometido, como venganza. La habitación en la que ella se hospedó permaneció cerrada a cal y canto durante una temporada, pero ella sigue apareciendo y llamando a la puerta, tratando de entrar. O al menos eso es lo que hace su fantasma.

No es nada demasiado terrorífico..., quiero decir, nada que indique que vas a terminar

CONVERTIDO EN ZOMBI SI TE ALOJAS EN EL DRISKILL,
PERO AUN ASÍ ES UN MATERIAL BASTANTE ESPELUZNANTE.
SARAH TENDRÁ QUE ESQUIVAR A UNA SERIE DE
CRIATURAS ESPECTRALES Y AL PERSONAL DEL HOTEL,
LOCALIZAR LA SALA DE LOS ESPEJOS Y ENCONTRAR EL
ROLLO DE PELÍCULA. ESPERO QUE NO ROMPA NINGUNO
DE LOS ESPEJOS. ESO DARÍA MALA SUERTE, Y DESDE
LUEGO NO ES LO QUE NECESITAMOS.

LA PELÍCULA ESTARÁ DEBAJO DEL LATERAL
INFERIOR, SEGÚN EL ACERTIJO DE LA CALAVERA.

¿SE DEJARÁ VER EL FANTASMA DEL VIEJO JOE
BUSH EN EL HOTEL DRISKILL? NO CREO, NO A LA LUZ
DEL DÍA, QUE SERÁ CUANDO SARAH ESTÉ ALLÍ. ESO ME
PARECE DE LO MÁS IMPROBABLE.

VIERNES, 24 DE JUNIO, 6.00 P.M.

¡INCREÍBLE! EL HOTEL DRISKILL TIENE OTRO FANTASMA, Y ES MI FANTASMA, EL DEL VIEJO JOE BUSH. SARAH ENTRÓ EN EL DRISKILL Y CONSIGUIÓ LLEGAR HASTA LA SALA DE LOS ESPEJOS SIN NINGÚN PROBLEMA. DIO CON EL QUE ESTABA BUSCANDO Y ENCONTRÓ LA PELÍCULA, QUE SE HALLABA CUIDADOSAMENTE ESCONDIDA DEBAJO. LUEGO SE GIRÓ Y ENFOCÓ CON LA CÁMARA AL ESPEJO DEL OTRO LADO, Y LAS COSAS SE DESCARRILARON.

TENÉIS QUE VERLO PARA CREERLO. POR FAVOR, ECHAD UN VISTAZO A LO QUE GRABÓ SARAH.

HAY MÁS COSAS SOBRE LAS TIBIAS CRUZADAS, PERO LO MÁS IMPORTANTE ES QUE ÉL ESTÁ SIGUIENDO A SARAH.

EL FANTASMA DEL VIEJO JOE BUSH ESTABA ALLÍ.

SARAHFINCHER.ES

CONTRASEÑA:

SALADELOSESPEJOS

Viernes, 24 de junio, 11.00 p.m.

Mi jornada laboral en la tienda de moscas ha finalizado, he pasado un rato en el porche con mi madre y Sarah se halla sana y salva en San Antonio, con su tía. Mañana, Sarah se pasará el día conduciendo —quince horas hasta Phoenix—, y yo soportaré un sábado en la tienda, el único día en que está realmente rebosante de clientes. Los peces están picando, así que vamos a vender montones de moscas y aparejos y a dar muchos consejos.

Sin embargo, esta noche no importa nada de eso, porque esta noche va a ser una pesadilla de cabo a rabo. Ese vídeo de Sarah helaba la sangre. Ver al fantasma del viejo Joe Bush en ese espejo, cómo se movía, cómo susurraba... Debe ser real, ¿no? No hay otra respuesta... ¿Cómo si no puede haber aparecido así? La única otra respuesta aparte de FANTASMA ATERRADOR es... Bah, ni siquiera lo sé. Quizá detrás de esos espejos haya estancias secretas donde las Tibias Cruzadas celebran sus reuniones y planean la aniquilación de la raza humana. ¡¿Quién sabe?!

Hay unas cuantas cosas que sé, unas buenas y otras malas:

—No quiero alojarme en ese hotel. Jamás.

—Ya es oficial: el Apóstol mantenía un gran enfrentamiento con los otros líderes de las Tibias Cruzadas.

—El Acertijo de la Calavera que Henry tenía en el bolsillo era obra del Apóstol. Él mismo lo muestra en las imágenes. Y el acertijo lleva a algo grande que las Tibias Cruzadas no quieren que se descubra.

—Mi padre no pertenece a esa organización, lo cual supone un gran alivio. El hecho de que su grupo secreto —utilizado para proteger la draga— también se llamara las Tibias Cruzadas fue una táctica del Apóstol para ganar poder. Era una advertencia para los líderes de las Tibias Cruzadas: o le daban lo que él quería, o lo revelaría todo. Filtrar el nombre de las Tibias Cruzadas a Joe Bush fue el inicio de un juego peligroso.

—Y ESE JUEGO PELIGROSO, ESTOY CASI SEGURO, FUE LA CAUSA DE QUE HENRY LO TIRARA AL RÍO. DEBIERON DE PELEAR, PORQUE EL ASUNTO ACABÓ CON EL APÓSTOL AHOGADO. DE ESA MANERA LLEGÓ EL ACERTIJO DE LA CALAVERA AL BOLSILLO DE HENRY. PERO AHORA EL ACERTIJO DEL APÓSTOL HA ENCONTRADO EL CAMINO HASTA MI BOLSILLO, Y YO ESTOY A UN PASO DE AVERIGUAR ADÓNDE CONDUCE.

—Y POR ÚLTIMO ESTÁ LA PALABRA PORT, PUERTO, QUE AHORA PUEDO AÑADIR A BAJO Y TIERRA. ESO ME TIENE UN TANTO CONFUNDIDO. SIGO CREYENDO QUE, SEA LO QUE SEA LO QUE BUSCAMOS, ESTÁ ESCONDIDO BAJO TIERRA, PERO ESAS TRES PALABRAS JUNTAS PODRÍAN SER BAJO PUERTO TIERRA O PUERTO BAJO TIERRA O TIERRA BAJO PUERTO. NO IMPORTA CÓMO LAS COMBINES: ESAS TRES PALABRAS LLEVAN A ALGUNA CLASE DE PUERTO, DE MODO QUE ESTARÁ CERCA DEL AGUA.

DESDE LUEGO, ESPERO QUE LA MANSIÓN WINCHESTER RESULTE MÁS PROVECHOSA.

146

Sarah está convencida de que todos los caminos conducen a Thomas Jefferson. Las Tibias Cruzadas lo detestaban y querían destruirlo. Intentaron asesinarlo y lo empujaron al desastre financiero. ¿Qué más podrían haber hecho para arruinarle la vida? Esa parte sigue siendo un misterio, pero tengo la sensación de que descubriremos más cosas cuando Sarah llegue a la mansión Winchester.

La última parada en su zigzagueante viaje será la más extraña, y el horario trazado no podría ser mejor. Sarah pasará la noche en Phoenix, en un hotel escogido por sus padres, y finalizará su aventura el domingo. Esperan que esté en Los Ángeles el domingo por la noche para registrarse en la residencia del campus de la Universidad de California, y empezará el curso de cine el lunes por la mañana.

Nuestro plan para lograr que Sarah llegue a Los Ángeles el domingo por la noche es un poco precario, e implica salir de Phoenix tempranísimo. Así es como lo hemos pensado:

—Sarah se irá directa a dormir en cuanto llegue a Phoenix, alrededor de las 9.00 p.m., mañana por la noche (sábado).

—Se levantará a las 4.00 a.m. y se pondrá en camino. Son diez horas hasta San José, así que debería llegar hacia las 2.00 p.m.

—De nuevo en la carretera a las 4.00 p.m. para llegar ligeramente tarde a la Universidad de California, a las 9.00 p.m.

Estoy cansado, y además tengo miedo de qué pesadilla me estará esperando cuando cierre los ojos. Llamaría a Sarah, pero seguro que ya está durmiendo. Fitz no tiene teléfono. Mis padres han salido.

Otra noche larga y solitaria en Skeleton Creek.

Realmente necesito tener algo interesante que hacer.

SÁBADO, 25 DE JUNIO, 3.10 P.M.

No hay mucho que señalar. Sarah está en camino, en dirección a Phoenix. Hemos hablado esta mañana y parecía optimista pero tan desconcertada como yo. Está entusiasmada con el curso de cine, aunque aún está más entusiasmada por entrar en la mansión Winchester y descubrir qué hay escondido en lo alto de unas escaleras que no llevan a ningún sitio.

Estoy con ella.

HAY UN SILENCIO SEPULCRAL. ASÍ SON LAS MAÑANAS DE DOMINGO EN SKELETON CREEK. AUNQUE POR LO MENOS NO TENGO QUE OÍR A BON JOVI...

HABRÍA ESCRITO MÁS, PERO POR AQUÍ NO OCURRE NADA DIGNO DE MENCIÓN, Y SARAH ESTÁ HACIENDO POCO MÁS QUE CONDUCIR Y ESCUCHAR MÚSICA. ELLA ESTÁ ABURRIDA. YO ESTOY ABURRIDO. SEGURO QUE HASTA EL FANTASMA DEL VIEJO JOE BUSH ESTÁ ABURRIDO. PROBABLEMENTE ESTÉ SENTADO EN UNA TUMBA JUGANDO A LAS CARTAS CON OTROS MUERTOS MIENTRAS NOSOTROS PREPARAMOS NUESTRA ACTUACIÓN.

LA MAÑANA DOMINICAL ME HACE PENSAR EN EL APÓSTOL DE UN MODO DIFERENTE. ESE TIPO ESTABA CHIFLADO, DESDE LUEGO, O QUIZÁ SOLO FINGÍA ESTARLO, PERO, EN CUALQUIER CASO, IBA A LA IGLESIA LOS DOMINGOS. MIS PADRES NO SON DE LOS QUE VAN A LA IGLESIA, PERO LAS MAÑANAS DE DOMINGO SON SAGRADAS PARA NOSOTROS EN CIERTA FORMA. POR UNA VEZ TODO ESTÁ EN SILENCIO, CASI COMO SI TODO EL MUNDO ANDUVIERA DE PUNTILLAS. Y EL PORCHE ES UNO DE NUESTROS LUGARES PREFERIDOS. MIENTRAS ALGUNAS

PERSONAS DEL PUEBLO PASAN POR DELANTE CON LA BIBLIA EN LA MANO, LANZÁNDONOS MIRADAS DE REOJO QUE DICEN: "¡DEBERÍAIS IR A LA IGLESIA, PAGANOS!", NOSOTROS NOS QUEDAMOS ALLÍ SENTADOS, BEBIENDO CAFÉ Y LEYENDO LO QUE QUERAMOS LEER.

EN CIERTO SENTIDO ES ALGO ESPIRITUAL. DURANTE UNAS HORAS DEJAMOS EL MUNDO A UN LADO, HABLAMOS MÁS DESPACIO, MÁS BAJO, MEJOR. Y, EN CUALQUIER CASO, ¿QUÉ ES LA IGLESIA? A MI PADRE LE ENCANTA DECIR: "DESDE LUEGO, NO ES UN EDIFICIO, ESO PUEDO ASEGURARLO", Y A MÍ ME IMPACTA COMO UNA PEQUEÑA PERO VALIOSA PERLA DE SABIDURÍA.

YO, POR MI PARTE, CREO QUE EL CIELO ESTÁ EN EL RÍO. ES AHÍ DONDE SIENTO UNA CONEXIÓN CON QUIENQUIERA QUE CREASE TODO ESTO. ES AHÍ DONDE ENCUENTRO LA PAZ. LANZAR LA CAÑA ES MI FORMA DE REZAR POR TODO LO QUE VALE LA PENA. NO HAY NADA MÁS MISTERIOSO Y BELLO QUE UN PEZ EN UN ARROYO DE MONTAÑA. VIVE UNA EXISTENCIA SECRETA EN UN MUNDO QUE YO JAMÁS PODRÉ CONOCER, PERO SI PUEDO ATRAPARLO A ÉL, PODRÉ TENERLO ENTRE MIS MANOS UN INSTANTE. DESPUÉS DE ESO, PUEDO DARLE UN GOLPE EN LA CABEZA O DEJARLO MARCHAR. COMO PODÉIS

IMAGINAR, YO VUELVO A SOLTARLOS A TODOS. NO QUIERO ALTERAR EL EQUILIBRIO DE LA NATURALEZA.

ESO ES LO QUE SUCEDE EN SKELETON CREEK CUANDO EL MUNDO GUARDA SILENCIO Y MI MEJOR AMIGA CONDUCE, CONDUCE Y CONDUCE. YO EMPIEZO A HABLAR SOBRE EL SIGNIFICADO DE LA VIDA, QUE AL PARECER TIENE ALGO QUE VER CON LOS PECES.

LA MANSIÓN WINCHESTER YA TARDA EN APARECER. UNAS CUANTAS HORAS MÁS, Y SARAH ESTARÁ ALLÍ. POR DESGRACIA YO ESTARÉ EN LA TIENDA CON FITZ MIENTRAS MI PADRE SE TOMA EL DÍA LIBRE PARA GANDULEAR EN EL PORCHE DANDO CABEZADAS Y LEYENDO EL DOMINICAL DE BOISE (QUE ES ENORME).

DOMINGO, 26 DE JUNIO, 3.00 P.M.

A FITZ NO LE IMPORTA SI HABLO POR TELÉFONO EN EL TRABAJO, PERO A MÍ ME PONE NERVIOSO LLAMAR A SARAH MIENTRAS ÉL ESTÁ POR AQUÍ. ES UN CHAVAL BASTANTE RESERVADO, Y SE CONCENTRA MUCHO CUANDO ESTÁ ENVICIADO MONTANDO MOSCAS O ESTUDIANDO ALGUNA MISTERIOSA TÉCNICA DE LANZAMIENTO DE CAÑA, PERO, AUN ASÍ, NO QUERRÍA QUE SUPIERA QUÉ NOS TRAEMOS ENTRE MANOS SARAH Y YO. CUANTA MENOS GENTE LO SEPA, MEJOR.

ASÍ QUE ME PARECIÓ UN POCO ALARMANTE QUE FITZ ME LLAMARA.

—¿CÓMO LE VA A SARAH?

EN UN PRIMER MOMENTO PENSÉ QUE SOLO PRETENDÍA HABLAR POR HABLAR, YA SABÉIS, DE MODO QUE ME LO QUITÉ DE ENCIMA CON UN SIMPLE:

—POR LO QUE YO SÉ, BASTANTE BIEN.

—OJALÁ YO TUVIERA UN MÓVIL —PROSIGUIÓ FITZ—. MI PADRE NO QUIERE COMPRARME UNO. DICE QUE ES DEMASIADO CARO.

—Y LO ES —LE ADVERTÍ—. LA MITAD DE LA PASTA QUE GANO AQUÍ SE VA EN MI FACTURA MENSUAL.

—Debe de ser agradable mantener el contacto con Sarah mientras está en la carretera.

De entrada esa parecía una apreciación bastante normal, pero después me pregunté cómo sabía Fitz lo del viaje de Sarah. No contesté, y Fitz levantó la vista de una perfecta paracaídas Adams, una mosca muy difícil de montar bien.

—Ya sabes que tu padre todavía se preocupa por vosotros dos —repuso—. Él mismo me lo dijo.

De modo que era eso... Mi padre estaba utilizando sus ratos en el río con Fitz para ponerlo al corriente, puede que con la esperanza de usar a aquel fanático de la pesca como un infiltrado que atravesara mi muro de silencio.

—Mira, Fitz, mi padre está paranoico en primer grado. Ve las cosas de un modo desproporcionado. Sarah está yendo en coche a un curso de cine en Los Ángeles. Nada del otro mundo.

—Yo creo que a lo mejor el paranoico eres tú. Tu padre solo está preocupado por ti, eso es todo.

Vale, ya estaba empezando a tocarme las narices. Fitz no podía superarme pescando, de modo que... ¿estaba intentando ser el mejor amigo de mi padre?

Sin embargo, luego habló con total sinceridad y me cerró la boca.

—No tienes ni idea de lo bueno que es tenerlo cerca. Yo apenas veo a mi padre, y cuando lo veo, no tiene mucho que decirme. No hay nada que le importe menos que el fútbol o la pesca.

Desde que nos conocíamos, era la primera vez que sentía auténtica lástima por Fitz. Su padre nunca viene por aquí. De hecho, yo ni siquiera lo conozco. Se gana la vida como leñador en el bosque, y dejad que os diga algo: cortar árboles resulta todavía menos rentable que tener una tienda de moscas, y ocupa incluso más tiempo.

De todas maneras, decidí no volver a llamar a Sarah. Nos limitaríamos a intercambiar mensajes de móvil, lo cual fue un gran inconveniente cuando ella llegó a la mansión Winchester.

Yo: "No puedo hablar, estoy en la tienda, Fitz está aquí".

Sarah: "Lo que te estás perdiendo. Este lugar es de lo mejor. Gigantesco, extraño, impresionante".

Sarah: "¡Y no les importa que use la cámara!".

Yo: "¿Has encontrado la escalera a ninguna parte?".

Sarah: "Para el carro".

Yo: "Odio esto".

Sarah: "Es el precio que debes pagar por quedarte en casa".

Yo: "No es justo".

Sarah: "Tampoco lo es desenterrar una tumba sola a medianoche".

Yo: "Tocado".

Sarah: "Voy a separarme del grupo. Agárrate bien".

Pasaron cuatro minutos antes de que volviera a saber de ella.

SARAH: "POR POCO. CASI ME PILLAN".

YO: "¿QUÉ? ¿ ¿ ¿LO TIENES? ? ?".

SARAH: "LO TENGO".

Y YA ESTABA. SARAH TENÍA EN LAS MANOS LA
ÚLTIMA PISTA QUE HABÍA DEJADO EL APÓSTOL Y SOLO
ERAN LAS 2.42.

ANTES DEL HORARIO PREVISTO.

DOMINGO, 26 DE JUNIO, 11.57 P.M.

Este está siendo el día más largo de mi vida. No hay nada más frustrante que tener en el asiento trasero de tu coche un rollo de película de ocho milímetros que no puedes ver hasta que tengas a mano un enchufe, enciendas el maldito proyector y lo dirijas hacia una pared. Qué fastidio. Sarah tuvo la sangre fría de dirigirse primero a Los Ángeles y registrarse en la residencia donde va a alojarse. Llegó a la Universidad de California poco después de las 8.00 p.m. Su compañera de habitación es una chica de allí, de modo que no aparecerá hasta el lunes por la mañana, cuando se inicia el largo curso semanal, con lo que Sarah tiene toda la habitación para ella.

Durante la hora siguiente me llamó dos veces, una para informarme de que había hecho los trámites de rigor y llegado a su dormitorio sana y salva, y la segunda después de ver el último vídeo del Apóstol. Siguiendo su típica y exasperante costumbre, Sarah no me contó qué decía, solo que, tras ver al Apóstol, ya se

IMAGINABA DÓNDE ESTARÍA LA ÚLTIMA LOCALIZACIÓN.
LE PEDÍ MÁS DATOS CON INSISTENCIA, PERO NO SOLTÓ NI
PRENDA.

—DAME UNAS HORAS Y TENDRÁS TU OPORTUNIDAD
—FUE TODO LO QUE ME DIJO.

LA CONOCÍA DE SOBRA COMO PARA PRESIONARLA.
SI LE MANDABA DEMASIADOS MENSAJES EXIGIÉNDOLE
RESPUESTAS, ELLA ME HARÍA ESPERAR HASTA EL DÍA
SIGUIENTE. ES UNA CINEASTA, Y ESE ERA SU GRAN FINAL.
PARA SARAH, DESVELÁRMELO TODO POR TELÉFONO
SERÍA COMO PARA MÍ LEER LA ÚLTIMA PÁGINA DE UN
LIBRO CUANDO AÚN ESTOY EN MITAD DE LA HISTORIA.
LO ENTIENDO, DESDE LUEGO, PERO ENTENDERLO NO ME
DESESPERA MENOS.

PASÉ LAS TRES HORAS SIGUIENTES MIRANDO
EL ACERTIJO DE LA CALAVERA Y EL MAPA,
PREGUNTÁNDOME ADÓNDE CONDUCIRÍA TODO AQUELLO
Y CÓMO LLEGARÍA SARAH A LA ÚLTIMA LOCALIZACIÓN.
UNA COSA ESTABA CLARA: EL TEMA DEBERÍA ESPERAR
UNA SEMANA, PORQUE NO HABÍA MANERA DE QUE SARAH
DEJARA EL CURSO AHORA QUE YA ESTABA ALLÍ.
HABÍAMOS TENIDO MUCHÍSIMA SUERTE AL LOGRAR QUE
LLEGARA SIN METERNOS EN VERDADEROS LÍOS.

A LAS 11.30 P.M. RECIBÍ UN MENSAJE DE MÓVIL:

REVISA TU CORREO ELECTRÓNICO. ESTOY COMO
UN ZOMBI: COMPLETAMENTE HECHA POLVO. ME VOY A
DORMIR.

No PODÍA REPROCHÁRSELO. SIETE DÍAS, CASI OCHO
MIL KILÓMETROS, Y CUATRO LUGARES EMBRUJADOS...
SARAH HABÍA HECHO DIEZ VECES MÁS TRABAJO QUE
YO, Y SE MERECÍA DESCANSAR UN POCO ANTES DE
LO QUE SERÍA SIN DUDA UNA AGOTADORA SEMANA
CINEMATOGRÁFICA.
   ABRÍ MI CUENTA DE CORREO EXCLUSIVA PARA
SARAH Y ENCONTRÉ SU MENSAJE.

Ryan:

Lo he subido todo a mi web en un pedazo de vídeo, como de costumbre.
La mansión Winchester tiene la mejor historia de todas. Podría haber
empleado una semana en ese corto documental, pero no tenía más
tiempo. También está la grabación de cuando encontré el rollo de
película, que estaba escondido al borde de la escalera (tuve que levantar
un trozo de revestimiento por la fuerza, así que es una suerte que no
me arrestaran en el camino). Y, por supuesto, está el Apóstol.

Odio ser yo quien te lo diga, Ryan, pero creo que ahora te toca tirar a ti.

Entenderás lo que quiero decir cuando veas el vídeo.

Zzzzzzz.

S.

¿DE QUÉ IBA TODO ESO? TUVE LA ESPANTOSA SENSACIÓN DE QUE LA ÚLTIMA LOCALIZACIÓN IBA A ESTAR JUSTO EN SKELETON CREEK, EL ÚNICO LUGAR EN EL QUE YO NO QUERÍA QUE ESTUVIESE. A LO MEJOR ME TOCABA CAVAR EN UNA TUMBA A MEDIANOCHE O ALGÚN OTRO HORROR INIMAGINABLE.

POR DESGRACIA PARA MÍ, LA NOTICIA ERA INCLUSO PEOR.

RAINSFORD.

BONITA CONTRASEÑA, SARAH. EL PROTAGONISTA PRINCIPAL DE "EL JUEGO MÁS PELIGROSO", UN RELATO QUE LOS DOS LEÍMOS EN EL MISMO CURSO ESCOLAR HACE UNOS AÑOS. A LOS DOS NOS ENCANTABA LA TRAMA:

Rainsford llega a una isla donde van a tratar de darle caza como a un animal salvaje. ¿Pensaba Sarah que yo estaba a punto de convertirme en Rainsford? Y, en ese caso, ¿quién iba a intentar cazarme? ¿El Cuervo, el fantasma de Winchester o alguna otra criatura de la noche?

Tendréis que ver el vídeo para descubrirlo. Eso es lo que tengo que hacer yo también.

SARAHFINCHER.ES

CONTRASEÑA:

RAINSFORD

No necesito a Sherlock Holmes para saber
que tengo un gran problema.

La última localización está más cerca de mí
que de Sarah. Esas cuatro palabras, UNDER,
PORT, GROUND, LAND, solo pueden referirse
a un lugar: PORTLAND UNDERGROUND, los
túneles de Portland, los que usaban a principios
del siglo XX para trasladar mercancías desde
el río hasta los sótanos de los bares y los
hoteles. Escribí las palabras en el Acertijo de la
Calavera y me quedé mirándolas:

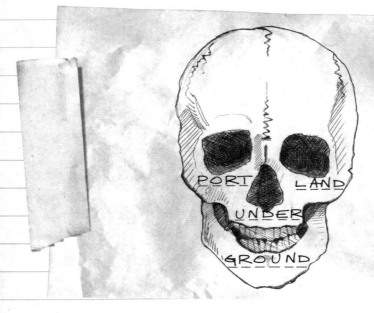

Incluso aunque pudiéramos esperar una semana, cosa que no creo que podamos hacer, Portland está a quince horas en coche en la dirección contraria a la de Sarah. No hay manera de que consiga llegar hasta allí, ni siquiera cuando haya terminado el curso.

Así que, en realidad, daría lo mismo si esperáramos una semana o un mes. Sarah no podría hacerlo en ningún caso.

En esta ocasión, el trabajo va a recaer en mí.

Voy a tener que marcharme de Skeleton Creek, hacer el viaje de siete horas hasta Portland y encontrar lo que estamos buscando.

Tengo un mal presentimiento sobre el fantasma del viejo Joe Bush. La primera vez que lo vi acababa de subir a lo alto de un tramo de escaleras que llevaban a la parte superior de la draga. Esta vez, si vuelve a aparecer, yo estaré bajo tierra en un antiguo túnel.

Siento como si fuera a entrar en mi propia tumba y no regresar jamás.

Sé lo que debo hacer, pero también sé que no quiero hacerlo. Por la mañana he salido temprano de casa para venir a pensar a la cafetería. Hoy tendremos un día ajetreado en la tienda, pues habrá que dejarlo todo listo para la salida de dos días al río. He decidido que no puedo hacer esa excursión, aunque la idea de dejar que Fitz ocupe mi puesto me está matando.

¿Qué opciones tengo? Las estrellas se han alineado, y aunque es seguro que voy a meterme en un buen lío, no tengo elección. Mi padre estará fuera el martes y el miércoles. Hoy mismo llevará a mi madre al aeropuerto de Boise para que pueda volar hasta Seattle. ¿Y qué significa eso? Significa que podré estar solo todo el martes y parte del miércoles. Nadie volverá a casa hasta las ocho o las nueve de la noche del miércoles. Probablemente esta sea mi única oportunidad.

Ni siquiera puedo creer que esté manteniendo esta conversación conmigo mismo. ¿De verdad estoy dispuesto a fingir una lesión, montarme en el monovolumen de mi madre y conducir

HASTA PORTLAND? SI LO HAGO Y ME PILLAN, QUIZÁ
NO VUELVA A CONDUCIR JAMÁS. ME QUITARÁN EL
ORDENADOR PORTÁTIL Y EL MÓVIL. MI RELACIÓN CON
SARAH SE MARCHITARÁ SI NO PODEMOS MANTENER
EL CONTACTO, Y PASARÉ EL VERANO SOLO. HASTA
FITZ ESTARÁ MEJOR, TODO EL DÍA EN EL RÍO. SERÁ
DEPRIMENTE.

Y TODO ESTO, PARA COMPLETAR UN VIAJE DE LOCOS.

HAY MUCHÍSIMO EN JUEGO, PERO HE DECIDIDO QUE
VALE LA PENA.

AHORA MÁS QUE NUNCA RESULTA DOLOROSAMENTE
OBVIO QUE SARAH TIENE MÁS MUNDO QUE YO. PARA
EMPEZAR, ESTÁ EN UNA ESCUELA DE CINE EN LOS
ÁNGELES. ¡Y ACABA DE CRUZAR TODO EL PAÍS EN
COCHE! Y TIENE RAZÓN: ESTO SERÁ BUENO PARA MÍ.
ATERRADOR, PERO BUENO. NECESITO SALIR DE ESTE
LUGAR, HACER ALGO SALVAJE. NECESITO ENFRENTARME
A MIS MIEDOS POR UNA VEZ.

HE SACADO POR LA IMPRESORA UNA COPIA DE LA
ÚLTIMA HOJA QUE SOSTENÍA EL APÓSTOL. SARAH LA
ENCONTRÓ DE PRONTO EN LA PARTE FINAL DEL VÍDEO,
QUE NO HABÍA EDITADO, Y ME LA MANDÓ. Y YA SÉ LO
QUE ES, CLARO. ES CÓMO ENTRAR EN LOS TÚNELES DE

PORTLAND POR LA NOCHE. ES CÓMO ENCONTRAR LO QUE BUSCO UNA VEZ QUE ESTÉ ALLÍ ABAJO.

AQUÍ LLEGA FITZ CON SU VIEJA MOTO.

ES HORA DE PONER EN MARCHA LA PRIMERA PARTE DE MI PLAN.

LUNES, 27 DE JUNIO, 9.15 A.M.

ES BUENO HACER FELICES A TUS AMIGOS DE VEZ EN CUANDO, AUNQUE ESO SIGNIFIQUE QUE A CAMBIO TENDRÁS QUE MIRAR A UN FANTASMA A LA CARA. MIENTRAS FITZ APARCABA, YO SALÍ DE LA CAFETERÍA COJEANDO. EL HUMO AZUL DEL TUBO DE ESCAPE FLOTÓ HASTA MI CARA, Y POR POCO ME DA UNA ARCADA. LA COMBINACIÓN DE LOS OLORES DE LA CAFETERÍA Y EL ACEITE DE SU MOTO NO ERA UNA MEZCLA AROMÁTICA, LA VERDAD.

—¿TE HAS CLAVADO UN ANZUELO EN UN DEDO DEL PIE O QUÉ? —ME PREGUNTÓ FITZ.

OS LO JURO, FITZ <u>NO PUEDE</u> IMAGINAR QUE EN LA VIDA HAYA ALGO QUE NO ESTÉ RELACIONADO CON LA PESCA.

—ME HE CAÍDO POR LA ESCALERA DE CASA Y LA PIERNA SE ME HA RESENTIDO DE LA VIEJA HERIDA —MENTÍ. YA HABÍA PUESTO A PRUEBA ESA MENTIRA CON MIS PADRES, Y LOS DOS HABÍAN PICADO COMO PECECILLOS. (OH, NO. ME ESTOY CONVIRTIENDO EN FITZ. NOTA PARA MÍ MISMO: NO MÁS METÁFORAS PESQUERAS).

—QUÉ FAENA. PASAR DOS DÍAS REMANDO TE VA A RESULTAR MORTAL.

—No lo sé, y por esa razón no voy a ir. Parece que vas a sustituirme.

—¡No me digas! ¿En serio?

Fitz estaba sonriendo de oreja a oreja. No hay nada que un fanático de la pesca adore más que dejar atrás el mundo y vivir prácticamente en el río durante días, no durante horas. Estaba más contento de lo que lo había visto nunca, lo cual hizo que me sintiera bastante bien.

El sentimiento de bienestar se esfumó bastante deprisa cuando regresé renqueando al interior de la cafetería y me dejé caer en mi reservado.

¿De verdad voy a hacerlo?

¿Cómo he acabado metido en esta situación? Renuncio voluntariamente a la mejor excursión de pesca del año, miento a mis padres, corro riesgos que no he corrido jamás... Todo dibuja un grave cuadro de locura.

Sarah y yo volvemos a estar donde acabamos siempre.

Al borde del desastre.

LUNES, 27 DE JUNIO, MEDIODÍA

MI MADRE ESTÁ EN UN AVIÓN RUMBO A SEATTLE.
SU MONOVOLUMEN CHATARRESCO ESTÁ APARCADO
DELANTE DE LA CASA. LAS RUEDAS ESTÁN BASTANTE
DESGASTADAS, LO CUAL ME PONE NERVIOSO.

¿CONSEGUIRÁ ESE CACHARRO LLEGAR A PORTLAND Y
REGRESAR DESPUÉS?

A LO MEJOR DEBERÍA COGER EL AUTOBÚS.

FITZ ACABA DE IRSE PARA QUE SU PADRE LE DÉ EL VISTO BUENO A LA EXCURSIÓN, LO QUE SIGNIFICA QUE ESTARÁ FUERA UN BUEN RATO. LOS LEÑADORES CORTAN ÁRBOLES HASTA QUE ANOCHECE, AL IGUAL QUE NOSOTROS PESCAMOS HASTA EL ANOCHECER. FITZ CONOCE EL ÁREA EN LA QUE SU PADRE ESTÁ TRABAJANDO, PERO NO EXACTAMENTE DÓNDE. PUEDE TARDAR UNAS CUANTAS HORAS EN LOCALIZARLE, DURANTE LAS CUALES YO TENDRÉ QUE COJEAR POR TODA LA TIENDA, PONIENDO TANTA CARA DE DOLOR COMO PUEDA, MIENTRAS AYUDO A MI PADRE A EMPAQUETAR LO NECESARIO PARA LA SALIDA AL RÍO.

ODIO MANTENER UNA MENTIRA TANTO COMO ODIO TENER QUE DECIRLA. CADA PASO QUE DOY ES UN RECORDATORIO DE CUÁNTO ESTOY ENGAÑANDO A MIS PADRES.

SI ME DESCUBRE, MI PADRE ME MATARÁ.

172

LUNES, 27 DE JUNIO, 7.00 P.M.

Fitz ha tardado una eternidad en volver, pero ya está listo.

Todo está preparado.

Mañana por la mañana mi padre conducirá durante dos horas hasta una zona sin cobertura para móviles, con una balsa en la caja de la camioneta y la otra remolcada detrás. Recogerá a Fitz de camino para que su vieja moto no se quede delante de la tienda la mitad de la semana. La verdad es que creo que mi padre piensa que si la moto se queda aquí mientras él y Fitz están fuera, yo me sentiré tentado de cogerla y pasearme por todo el pueblo. Lo cierto es que, en diferentes circunstancias, eso probablemente sería verdad. Me encantaría montar en ese cacharro, pero Fitz es muy protector.

Los cuatro tipos que han contratado la excursión seguirán en su propio coche, y luego pasarán una hora haciendo el numerito de trasladar el equipamiento treinta y dos kilómetros río abajo. Descargar los botes,

LLEVAR LOS DOS EQUIPOS, DEJAR LA CAMIONETA ATRÁS... CUANDO EL VIAJE HAYA TERMINADO, VOLVERÁN A CARGARLO TODO EN LOS BOTES Y MI PADRE IRÁ RÍO ARRIBA CON UNO DE LOS CLIENTES PARA QUE COJAN SU COCHE. LO SÉ, RESULTA COMPLICADO, PERO ES LA ÚNICA MANERA DE RECORRER TREINTA Y DOS KILÓMETROS DE RÍO SIN HACER UNA LARGA CAMINATA AL FINAL.

LO ÚLTIMO QUE ME HA DICHO FITZ ANTES DE MARCHARSE A SU CASA HA SIDO GRACIAS. AGRADECÍA DE VERDAD QUE YO ME HUBIERA DESGRACIADO LA PIERNA JUSTO A TIEMPO PARA LO QUE PODRÍA SER LA ÚNICA SALIDA DE CUARENTA Y OCHO HORAS DE TODO EL VERANO.

NO PUDE SENTIRME MOLESTO CON ÉL. SUPONGO QUE YO HABRÍA SENTIDO LO MISMO, AUNQUE HA SIDO UN POCO COMO VER QUE TU MEJOR AMIGO SE LESIONA EN EL PARTIDO DE FÚTBOL MÁS IMPORTANTE DEL AÑO PARA QUE TÚ PUEDAS OCUPAR SU LUGAR EN EL EQUIPO.

NO ES LA CLASE DE COSAS POR LAS QUE DARÍAS LAS GRACIAS A ALGUIEN.

MI MADRE ME HA LLAMADO DOS VECES PARA COMPROBAR CÓMO ESTOY, LO QUE HA LOGRADO QUE ME SIENTA COMO UN CRÍO DE DIEZ AÑOS. SARAH TIENE RAZÓN: NECESITO SALIR DE AQUÍ. TENGO DIECISÉIS AÑOS, NO DIEZ, Y EN SKELETON CREEK ME ESTOY ASFIXIANDO. SARAH FUE LO BASTANTE LISTA PARA ESCAPAR MIENTRAS AÚN PODÍA. ES PROBABLE QUE YO, CON CINCUENTA AÑOS, ESTÉ AL FRENTE DE LA TIENDA Y ME SIENTE EN EL PORCHE A DAR SOPA A MIS PADRES CON UNA PAJITA.

NO HAY POR QUÉ NEGAR LOS HECHOS.

1)   SOY UN FLOJO.

2)   SOY DEMASIADO GALLINA PARA DEJAR EL PUEBLO Y QUIZÁ NO SEA CAPAZ DE LLEVAR A CABO EL PLAN.

POR SUERTE PARA MÍ, JUSTO CUANDO ESTABA SINTIENDO MÁS LÁSTIMA DE MÍ MISMO, SARAH ME MANDÓ UN CORREO ELECTRÓNICO. TAL VEZ SEA EL MEJOR CORREO QUE HE RECIBIDO EN TODA MI VIDA.

Querido Ryan:

Iba a llamarte, pero he pensado que sería mejor que tuvieses esto por escrito, aunque lo de escribir no sea lo mío. El primer día del curso ha estado bien.

Humm, bueno, la verdad es que estoy mintiendo, y a ti no puedo mentirte.

El primer día del curso de cine ha sido espantoso. Aquí todo el mundo es impresionante, Ryan. ¿En qué estaba pensando al venir a esta estúpida cosa? ¿De verdad creía que una pueblerina de ninguna parte podía estar a la altura de gente de Los Ángeles, la capital mundial del cine? No hablo en broma; aquí hay un chaval de trece años que entiende la realización cinematográfica un billón de veces mejor que yo. La muestra de su proyecto era como una mezcla de *Sospechosos habituales* y *Paranormal Activity*, así que ya puedes imaginarte qué están poniendo sobre la mesa los del grupo de mi misma edad.

Iluminación, montaje, escritura de guion, dirección de actores, perspectivas, selección de toma, tono... Ryan, aquí tengo un problema muy gordo. Yo no sé nada de todas esas cosas. Yo me limito a enfocar, grabar, cortar y mezclar. Estar aquí ha hecho que descubra algo que no sabía.

Soy una realizadora de pacotilla.

Bueno, se acabó la fiesta de la autocompasión. Ahora hablemos de ti.

Sé lo que estás pensando. No estás seguro de poder llevar a cabo el plan. Bien, pues sí que puedes. TÚ, Ryan McCray, puedes hacerlo. ¿Hay alguna posibilidad de que te metas en un buen lío? Desde luego que la hay, pero vale la pena arriesgarse. Y te has ganado el derecho de encontrar lo que estén ocultando las Tibias Cruzadas. Piénsalo: si lleva hasta algo relacionado con Thomas Jefferson, podríamos devolver al mundo algo que no debería estar enterrado bajo tierra.

Tú puedes cambiar el curso de la Historia. Lo único que vas a necesitar es un poco de valor y un vehículo.

Es tu momento, Ryan. No dejes que pase de largo.

Sarah

TIENE RAZÓN: PUEDO HACERLO.

LO HARÉ.

MAÑANA, LA VIDA CAMBIA PARA MÍ.

VOY A SALIR DE SKELETON CREEK.

CONTESTÉ A SARAH.

Gracias por invitarme a la primera fiesta anual de autocompasión de Sarah Fincher. Creo que con una cada década es más que suficiente, porque, Sarah, vas a dejar impresionado a todo el mundo. Estoy convencido. Date un día o dos, sé como una esponja, absórbelo todo. Eso te vendrá bien, pero solo para hacerte mejor. Te aseguro que saldrás de ahí entre los primeros de la clase, porque tú tienes algo que mucha gente no tiene: algo que decir.

Mañana me meteré en el monovolumen de mi madre para ir a Portland.

Cuenta con ello.

R.

MARTES, 28 DE JUNIO, 10.00 A.M.

¡Lo sé, lo sé, lo sé! A estas horas ya debería haber salido. Si no tengo cuidado, anochecerá antes de que llegue, y eso será un desastre. DE NINGÚN MODO voy a bajar ahí solo por la noche. El mapa que mostraba el Apóstol parece indicar que podría hacerlo, pero ¿cuándo lo dibujó? ¿Hace cincuenta años? Dudo que esa entrada siga existiendo.

Anoche tuve una pesadilla con el viejo Joe Bush, que me perseguía por un pasillo con un hacha. Yo estaba metido en alquitrán hasta las rodillas, intentando correr, pero él se me acercaba flotando más y más. Cuando caí arrodillado y sentí que el alquitrán empezaba a llenarme los pulmones, me desperté empapado en sudor. Tenía demasiado miedo para salir de la cama, así que me quedé tumbado, temblando en la oscuridad. Una leve brisa apartó la cortina de la ventana, y entonces lo vi.

Estaba ahí. No era ni una sombra ni la rama de un árbol.

El fantasma del viejo Joe Bush me observaba, y su cabeza parecía más grande

179

QUE NUNCA EN LA NEGRURA DE LA NOCHE. ESTABA MIRÁNDOME FIJAMENTE CUANDO SALÍ DE MI SUEÑO DE ALQUITRÁN, PREGUNTÁNDOME QUÉ IBA A HACER CUANDO AMANECIERA.

ME PUSE DE ESPALDAS Y FUI INCAPAZ DE VOLVER A MIRAR ATRÁS. ME QUEDÉ DONDE ESTABA, MANDANDO MENSAJES A SARAH UNA Y OTRA VEZ: ÉL ESTÁ AQUÍ. ÉL ESTÁ AQUÍ. ÉL ESTÁ AQUÍ.

PERO SARAH NO ME RESPONDIÓ.

DE ALGÚN MODO, CONTRA TODOS MIS ESFUERZOS POR PERMANECER DESPIERTO, VOLVÍ A QUEDARME DORMIDO DE MADRUGADA, ANTES DE QUE HUBIERA LUZ, Y NO ME DESPERTÉ HASTA QUE MI PADRE APORREÓ LA PUERTA A LAS OCHO, GRITÁNDOME QUE ME LEVANTARA. SKELETON CREEK ES UN PUEBLO MADRUGADOR; FORMA PARTE DE SU CULTURA. LEVANTARSE A LAS OCHO ES LO QUE HACEN LOS PEREZOSOS TIPOS DE LA CIUDAD.

—ME MARCHO DENTRO DE QUINCE MINUTOS. REPASEMOS UNA VEZ MÁS LAS REGLAS —DIJO, OBVIAMENTE DISGUSTADO POR QUE HUBIESE DORMIDO HASTA TARDE. NO CONFIABA EN MÍ PARA LLEVAR LA TIENDA MIENTRAS ESTABA FUERA, PERO YO ERA LO ÚNICO QUE TENÍA.

Yo iba a decepcionarlo, no había vuelta de hoja, y eso hacía que sintiera un vacío en el estómago.

Cuando aparecí en el porche vestido con mis pantalones cortos y una camiseta arrugada, mi padre me aleccionó por millonésima vez. Nada de conducir, lleva almuerzo a la tienda para no tener que cerrar, no molestes a tu madre.

—No creo que tenga que preocuparme por que molestes a mamá. Apuesto a que hoy te llamará diez veces.

Eso es cierto. Ella casi nunca sale del pueblo y yo voy a quedarme solo en casa. Cometí el error de seguir a mi padre mientras bajaba los escalones del porche para dirigirse a su camioneta.

La cojera había desaparecido, olvidada en un mar de alquitrán...

—Parece que tienes la pierna mejor —observó mi padre. ¿Sospechaba algo o solo estaba sorprendido? No sabría decirlo.

—Todavía me duele, pero sí, está empezando a recuperarse.

—Si no fuera demasiado tarde para cambiar de planes, los cambiaría campeón. Pero descansa, mejórate, y te llevaremos a la próxima excursión.

Cuando mi padre abrió la chirriante portezuela de su vieja camioneta, sentí una culpabilidad del tamaño del dirigible Hindenburg. Él lamentaba de corazón que me perdiese la salida. Me había llamado campeón, un insólito regalo.

Y yo estaba a punto de provocarle un tremendo desengaño. Él me dejaba a cargo de la tienda, y yo ni siquiera iba a abrirla.

Lo único que pude pensar en ese momento era en que no valdría la pena. Da igual qué encuentre; en el proceso, perderé el respeto y la confianza de mi padre.

Por eso estoy tardando tanto en salir del garaje.

Estoy sentado en el monovolumen, mirando por la ventanilla. Me tiemblan las manos.

Llevo aquí sentado casi una hora.

MARTES, 28 DE JUNIO, 12.11 P.M.

ME MARCHO.

Martes, 28 de junio, 3.00 p.m.

Son siete horas de viaje a Portland si no me paro, y acabo de pararme. Sarah tuvo sus Steak 'n Shake, sus Waffle House, sus Cracker Barrel, y yo estoy en los almacenes Kmart, cargando con todo lo que he olvidado. He preparado comida para el camino, porque el olor a comida basura en el coche me da ganas de vomitar. Esta mañana estaba tan nervioso que no me he acordado de traer una pala. Había llenado mi mochila con todas las herramientas que se me ocurrieron: destornilladores, limas, un martillo, una pequeña hacha (como protección contra zombis y vampiros), pero se me pasó coger una pala. Tras encontrar una plegable de camping que encaja a la perfección en mi mochila, me he tomado uno de los sándwiches que he preparado y una lata de refresco Mountain Dew, y voy a volver a la carretera. Debería llegar a Portland hacia las 8.00 p.m.

Mi madre está actuando como había previsto. Me ha llamado diez veces al móvil.

Le he mentido las diez veces. Por lo que a ella respecta, estoy sentado en la tienda.

Martes, 28 de junio, 7.00 p.m.

¡Malas, malas, malas noticias! En cinco años, este monovolumen no ha estado fuera de Skeleton Creek más de una hora, y ahora entiendo por qué. ¡Porque es un montón de chatarra! Estoy parado en una gasolinera a unas horas de Portland, poniendo aceite. El empleado me ha dado cuatro latas diciendo:

—Tiene una fuga, pero no hay mucho que puedas hacer al respecto, a menos que quieras reemplazar la transmisión, lo cual te costará el doble de lo que vale este vehículo.

Me ha dicho que pare cada ciento cincuenta kilómetros para rellenar el depósito de aceite con una lata, y que debo estar preparado para que el monovolumen estire la pata en cualquier momento.

No es lo que necesito oír.

He llamado a Sarah y le he mandado un mensaje de móvil, pero está encerrada en clase. Solo he recibido esta respuesta a las 4.00 p.m.:

Si contesto al móvil me ganaré una bronca. ¡Mantén la calma! No estoy disponible hasta las 8.

Perfecto.

MARTES, 28 DE JUNIO, 8.30 P.M.

Acabo de parar para poner una nueva lata de aceite y para ir al servicio. Último descanso antes de llegar a Portland. El olor del aceite quemado me está revolviendo las tripas. O es eso o son los nervios.

Dentro de una hora caerá la noche.

Por lo menos mi madre está en el concierto de Bon Jovi, donde dejará de llamarme cada hora.

Las pequeñas cosas son las que hacen que uno siga adelante.

MARTES, 28 DE JUNIO, 9.50 P.M.

Guau, conducir con tráfico es mucho más complicado de lo que había pensado. Me sorprende que no me haya ido derecho al gran río que atraviesa el centro urbano de Portland. Por lo menos he llegado de una sola pieza y he resuelto cómo aparcar en línea. Ha ayudado el hecho de que hubiera libres tres plazas seguidas, pero en fin... ¡He aparcado!

Ahora la cuestión es cómo salir del coche, cosa que no creo que pueda hacer.

El aceite está goteando sobre la calzada. Lo huelo. En mi imaginación, lo veo siseando al caer el pavimento caliente.

Nunca olvidaré ese olor.

MARTES, 28 DE JUNIO, 10.15 P.M.

Sarah me ha llamado; si no, habría salido del coche antes. No, en serio: lo habría hecho. En realidad, ¿qué importa? En cualquier caso, los túneles de Portland están cerrados. Fuera está oscuro. Da igual cuándo entre. Quizá espere hasta medianoche, para hacer esto lo más escalofriante posible. Ya que voy a vencer mis miedos más profundos, debería ir a por todas.

Sarah me ha animado del mejor modo que conoce: diciéndome que no le extrañaría que me volviese a casa sin haber bajado siquiera al metro.

Yo le he recordado que, técnicamente, incluso aunque lograra entrar, sería un caso de allanamiento. Los túneles son una propiedad municipal. Hacen visitas guiadas y cosas así, de modo que no es un lugar totalmente abandonado.

MARTES, 28 DE JUNIO, 11.53 P.M.

No he podido hacerlo. Después de estar en el coche hasta casi las 11.00 p.m., he recorrido a pie las tres manzanas que me separaban de Chinatown y me he dado cuenta de que, humm, no es un buen lugar para pasear por la noche. Hay mucha gente con pintas raras y bares abiertos toda la noche. Y otra cosa, todavía peor: sobre el sitio en el que el Apóstol mostraba una entrada secreta ahora hay un edificio. No debía de estar ahí hace cincuenta años, así que ya es oficial: no voy a poder bajar a los túneles a menos que lo haga con una de las visitas guiadas.

Si hay algo grande escondido bajo tierra, no podré recuperarlo sin que me atrapen.

MIÉRCOLES, 29 DE JUNIO, 2.00 A.M.

Más malas noticias. Se van acumulando, por lo que siento más que nunca que he cometido un gran error al venir aquí. Después de aparcar el monovolumen en una zona de descarga para camiones, y de cenar tortitas en una cafetería que sirve comida toda la noche, decidí que sería mejor añadir más aceite a mi desvencijado vehículo. Se me pringaron todas las manos, así que fui a rebuscar en la guantera con la esperanza de encontrar algún trapo o pañuelos viejos. Lo que encontré a cambio me dejó sin respiración. Me quedé paralizado en el asiento del conductor, incapaz de moverme.

Allí había un teléfono móvil, y estaba encendido. No lo había visto nunca, y solo había una razón por la que pudiera estar en la guantera del coche de mi madre: un GPS.

Mis padres lo han puesto ahí para descubrir si salgo del pueblo. Sé cómo funcionaban esos aparatejos. Lo único que hay que hacer es conectarse a Internet e introducir el número del móvil. Les mostrará dónde estoy en veinte segundos.

Sentí que el suelo se hundía bajo mis pies.

Mis padres saben lo que estoy haciendo.

Mi madre sabe dónde estoy. Siempre lo ha sabido.

A lo mejor por eso no ha parado de preguntarme: "¿Dónde estás? ¿Cuáles son tus planes?".

¿Cuántas veces le he mentido mientras ella estaba frente a una pantalla de ordenador en el hotel, sabiendo de sobra que yo no estaba ocupándome de la tienda?

Qué desastre.

Por si acaso no hubiese comprobado aún dónde me encontraba, apagué el móvil. Si el aparato no funcionaba, ellos no podrían demostrar que yo había ido a ninguna parte.

Mentiras sobre mentiras. Nunca basta con una sola.

La primera es solamente el principio. Dadlo por seguro.

MIÉRCOLES, 29 DE JUNIO, 10.00 A.M.

LA PRIMERA VISITA GUIADA A LOS TÚNELES EMPIEZA DENTRO DE UNA HORA, Y YO ESTOY APARCADO A UNA MANZANA DE DISTANCIA. SI TENGO MUCHÍSIMA SUERTE, LOGRARÉ ESTAR DE REGRESO EN SKELETON CREEK ANTES DE QUE CAIGA LA NOCHE. UNA RUEDA PINCHADA Y ESTOY APAÑADO. MI PADRE VA A RECOGER A MI MADRE EN EL AEROPUERTO A LAS 8.00 P.M., Y LUEGO TIENEN UN TRAYECTO DE NOVENTA MINUTOS HASTA CASA.

LAS 9.30 P.M. ES LO MÁS TARDE QUE PUEDO LLEGAR.

ESPERA A QUE DESCUBRAN TU VIAJECITO DE IDA Y VUELTA A PORTLAND. VA A SER UNA CONVERSACIÓN DE LO MÁS DIVERTIDA.

ME DESPIDO HASTA QUE HAYA FINALIZADO LA TAREA QUE TENGO ENTRE MANOS.

TÚNELES LLENOS DE ALQUITRÁN, ALLÁ VOY.

MIÉRCOLES, 28 DE JUNIO, 1.12 P.M.

¡Ha sido horrible, horrible, horrible! Qué espanto, pasear por los túneles. ÉL ESTABA ALLÍ.

Ahora no tengo tiempo de escribir, ¡¡debo ponerme en marcha o no conseguiré regresar a tiempo!!

Estoy de los nervios.

MIÉRCOLES, 29 DE JUNIO, 4.10 P.M.

Lo impensable ha sucedido, pero al menos puedo encontrar consuelo en mi diario, ya que no estoy conduciendo.

Pinchazo. Catorce horas con cuatro neumáticos desgastados... Debería haberlo sabido.

Esto va a retrasarme otra hora más, hasta que pueda largarme de Pendleton, Oregón. Milagrosamente, la rueda derecha reventó junto a una salida de la autopista y logré llegar rodando hasta una gasolinera. El empleado me dijo que era imbécil por recorrer siquiera cien metros con una rueda pinchada. Es asombroso lo que los adultos les pueden llegar a decir a los adolescentes. Si no fuera porque tenía mucha prisa y porque la rueda había empezado a desprenderse de la llanta, habría salido de allí derrapando ante tal insulto. No es que el monovolumen de mi madre pueda derrapar, pero, mirando a aquel mecánico inútil, imaginé que podía. También me imaginé que del tubo de escape salían llamas de dos metros que le achicharraban el bigote a aquel idiota.

Noventa y dos dólares y una hora: eso es lo que va a costarme, con lo que me quedará lo justo para gasolina.

Sarah está al tanto de todo. Ya se lo he contado. Ha dicho que está enferma para quedarse hoy en su habitación y poder acompañarme. Qué buena amiga..., y lo digo muy en serio. Yo no he hecho eso por ella ni una vez durante su largo viaje. Sarah dice que ahora sabe cómo me siento yo cuando ella sale a hacer cosas disparatadas. No es tan divertido como ella creía. En realidad es muchísimo peor que hacerlo uno mismo; al menos eso es lo que dice. Es la primera vez que nos ponemos en la piel del otro, y creo que desde este momento los dos sentimos mucha más comprensión hacia el otro.

Durante mi angustioso recorrido por los túneles grabé breves secuencias con el móvil. Cada una duraba unos treinta segundos, lo bastante pequeñas para mandarlas por correo electrónico. Se las envié a Sarah mientras corría hacia el coche. Fue lo último que hice antes de largarme de Portland y tomar la

AUTOPISTA EN DIRECCIÓN A CASA. NI SIQUIERA SÉ QUÉ CONTIENEN ESOS PEQUEÑOS DOCUMENTOS; PODRÍA NO SER NADA, PERO SARAH YA LOS HA COLGADO. CORTAR COSAS, MEJORARLAS Y SUBIRLAS A SU WEB FORMA PARTE DE SU NATURALEZA. HE NOTADO QUE SARAH SE SIENTE MAL POR MÍ, QUE ESTÁ ASUSTADA, Y CREO QUE EL TRABAJO HACE QUE SE SIENTA MEJOR.

OJALÁ NO ME HUBIESE SENTADO EN ESTE BORDILLO PARA VER SU VÍDEO.

SARAHFINCHER.ES
CONTRASEÑA:
BOLA 8 MAGICA

MIÉRCOLES, 29 DE JUNIO, 4.23 P.M.

CUANDO ESTÁS BAJO TIERRA, NO IMPORTA SI ES DE DÍA O DE NOCHE. HACE FRÍO, LAS SOMBRAS BRINCAN BAJO LA DÉBIL LUZ, Y TÚ NO PUEDES DEJAR DE PENSAR EN CÓMO SALDRÁS CUANDO EMPIECEN LOS PROBLEMAS.

LOGRÉ SEPARARME DEL GRUPO CUANDO COMPRENDÍ DÓNDE ME HALLABA SEGÚN EL MAPA DEL APÓSTOL. NADIE PARECIÓ PREOCUPARSE POR EL ADOLESCENTE DESALIÑADO QUE HABÍA DESAPARECIDO. LA RUTA DEL APÓSTOL ME LLEVÓ RÁPIDAMENTE A UN ÁREA ACORDONADA CON LETREROS QUE PROHIBÍAN EL PASO EN GRANDES LETRAS. EN ESA ZONA LAS PAREDES ESTABAN MÁS CERCA Y LA LUZ ERA PRÁCTICAMENTE INEXISTENTE. SAQUÉ MI LINTERNA DE LA MOCHILA Y NO LA SOLTÉ, GIRANDO Y DOBLANDO ESQUINAS MIENTRAS EL TECHO SE HACÍA CADA VEZ MÁS Y MÁS BAJO. PARA CUANDO ALCANCÉ LO QUE PARECÍA SER EL ÚLTIMO GIRO, YA NO PODÍA OÍR LA VOZ DEL GUÍA Y ESTABA ENCORVADO COMO UN VIEJO.

ESTABA PERDIDO EN UN LABERINTO DE TÚNELES SUBTERRÁNEOS, A SOLAS EN LA OSCURIDAD.

O ESO PENSABA YO.

AHORA QUE ESTOY SENTADO EN ESTE PAVIMENTO RECALENTADO POR EL SOL DE JUNIO, MIRANDO MI MÓVIL

SIN PESTAÑEAR Y VIENDO EL VÍDEO QUE YO MISMO HE GRABADO, COMPRENDO ALGO: NO ESTABA SUFRIENDO UNA CRISIS MENTAL.

EL FANTASMA DEL VIEJO JOE BUSH ESTABA REALMENTE ALLÍ. MI PARANOICO CEREBRO NO SE LO HABÍA INVENTADO.

ESTABA SENTADO EN UNA CAJA DE MADERA, OBSERVANDO DESDE UN LADO, MOVIÉNDOSE DE ESA MANERA SUYA TAN SOBRENATURAL: RÁPIDO, LUEGO LENTO, LUEGO RÁPIDO OTRA VEZ. SU VOZ ERA ÁSPERA Y TERROSA, COMO SI NO HUBIERA BEBIDO UNA GOTA DE AGUA EN DÉCADAS. Y SI NO ME EQUIVOCO, ESA CRIATURA SE HA VUELTO DEFINITIVAMENTE BENÉVOLA. EN OTRAS PALABRAS, ESE FANTASMA QUERÍA AYUDARME. QUERÍA PROTEGERME. ¿POR QUÉ HABRÍA DE IMPORTARME SI ES HENRY, ALGUNA VERSIÓN POSEÍDA DE HENRY O NO ES HENRY EN ABSOLUTO? LA CUESTIÓN ES QUE SI SE LO CUENTO A MI PADRE, A LA POLI O A QUIEN SEA, CABE LA POSIBILIDAD DE QUE SARAH Y YO ACABEMOS SOLOS AQUÍ FUERA.

Y SEGÚN EL FANTASMA DEL VIEJO JOE BUSH, ESTAMOS EN VERDADERO PELIGRO. PORQUE ESE OTRO TIPO, EL CUERVO, NO ESTÁ JUGANDO.

AL PARECER LO HEMOS ALTERADO, Y BUSCA
SANGRE. EL HECHO DE QUE HAYA ENCONTRADO LO
QUE FUI A BUSCAR A LOS TÚNELES DE PORTLAND ES UN
VERDADERO PROBLEMA.

Eso LO SÉ EN PARTE POR LO QUE ME DIJERON ALLÍ
ABAJO, Y EN PARTE POR LO QUE ENCONTRÉ ALLÍ, COSA
QUE ME NIEGO A CONTAR EN ESTE DIARIO HASTA QUE
ESTÉ SANO Y SALVO EN SKELETON CREEK.

NI SIQUIERA ESTOY SEGURO DE QUÉ SE TRATA.

LO ÚNICO QUE SÉ ES QUE TENGO QUE LLEGAR A
CASA DEPRISA O ESTARÉ ENCERRADO EL RESTO DE MI
VIDA.

¿A QUIÉN QUIERO ENGAÑAR? CUANDO MI PADRE
DESCUBRA LO QUE HE HECHO, MI VIDA TAL COMO LA
CONOZCO HABRÁ TERMINADO.

MIÉRCOLES, 29 DE JUNIO, 10.10 P.M.

UNA RUEDA PINCHADA Y UN MONTONAZO DE ACEITE DESPUÉS, ESTOY POR FIN EN CASA. POR DESGRACIA, NO SOY EL ÚNICO QUE ESTÁ AQUÍ. ME HE DETENIDO JUNTO A LA ACERA EN MAIN STREET, DESDE DONDE PUEDO VER LA FURGONETA DE MI PADRE EN LA ENTRADA.

¿HAY UNA SENSACIÓN PEOR QUE LA DE VER EL COCHE DE TU PADRE SABIENDO QUE ÉL ESTÁ EN CASA, Y QUE TÚ ESTÁS METIDO EN UN LÍO? SI LA HAY, NO LA HE TENIDO JAMÁS.

PODRÍA PASAR UNA BUENA TEMPORADA ANTES DE QUE PUEDA VOLVER A ESCRIBIR EN MI DIARIO, Y ESTOY SEGURÍSIMO DE QUE ME QUITARÁN EL MÓVIL Y EL ORDENADOR PORTÁTIL EN CUANTO CRUCE LA PUERTA. UN ÚLTIMO MENSAJE A SARAH, Y LUEGO HABRÁ LLEGADO LA HORA DE AFRONTAR LAS CONSECUENCIAS.

ESTOY EN CASA SANO Y SALVO. ESPERO ZANJAR ESTE ASUNTO ANTES DE UNA HORA, PERO A LO MEJOR PARA ENTONCES NO TENGO TELÉFONO. ¡AGÁRRATE BIEN!

OS VEO AL OTRO LADO.

202

Jueves, 30 de junio, no sé qué hora es y no me importa

Solo de nuevo, y esta vez eso es bueno. Han sucedido muchas cosas en las últimas veinticuatro horas, y ahora mismo acabo de contárselo todo a Sarah. De modo que eso es lo primero: me han devuelto el móvil. Es curioso cómo descubrir algo increíble —como lingotes de oro o un tesoro— puede cubrir un aluvión de mentiras y engaños.

Cuando entré en casa, mis padres estaban como locos, pero no como yo esperaba. Ni me gritaron ni empezaron a quitarme mis cosas... Hicieron justo lo contrario. Mi madre me abrazó con fuerza durante mucho tiempo. No paraba de decir que lamentaba haberme dejado solo en casa. Mi padre me tocó en el hombro y cuando alcé la mirada, vi que tenía los ojos llenos de lágrimas. Jamás me habría imaginado que pudieran estar tan preocupados, pero lo cierto es que aún no han superado el hecho de que estuvieran a punto de perderme en la draga. ¿Qué clase de hijo descerebrado tenían? ¿Durante cuánto tiempo seguiría vivo? Les había dejado claro que era imprudente, nada fiable, que me encaminaba directo al precipicio.

Era la primera vez en mi vida que sentía algo más profundo que la culpabilidad. Sentía remordimientos. Remordimientos por que mis padres sintieran que podían perderme en cualquier momento. Me han educado bien, pero me imaginé que se estaban sintiendo los peores padres del mundo. ¿Qué clase de padres crían a un hijo que arriesga su vida continuamente?

El festival del amor duró alrededor de un minuto; luego cayó el puño para recordarme que, sí, mis padres saben cómo castigarme. No solo iba a sentir aquellos nuevos y asquerosos remordimientos un buen rato; también iba a quedarme encerrado o trabajando en la tienda sin sueldo hasta que recuperase diez veces las horas perdidas al dejar cerrado el negocio (según la lógica de mi padre, habíamos perdido muchas ventas mientras yo estaba al volante). Habría dos lugares a los que podría ir: a casa y a la tienda. Por un golpe de buena suerte, me permitieron

QUEDARME CON EL MÓVIL Y EL ORDENADOR PORTÁTIL, Y ME SENTÍ INCREÍBLEMENTE AGRADECIDO POR ESO. PASAR DÍAS SIN PODER CONTARLE A SARAH LO QUE ESTABA OCURRIENDO ME HABRÍA RESULTADO CASI IMPOSIBLE DE SOPORTAR.

DESPUÉS DE LOS ABRAZOS Y LAS CONSECUENCIAS, LO CONFESÉ TODO SOBRE MI VIAJE A PORTLAND. BUENO, YO NO DIRÍA ABSOLUTAMENTE TODO, PERO LES CONTÉ MUCHAS COSAS. SIN EMBARGO, NO MENCIONÉ EL VIAJE POR CARRETERA DE SARAH Y LAS MUCHAS PARADAS QUE HABÍA HECHO. RESUMÍ BASTANTE LA HISTORIA, Y ME CEÑÍ ÚNICAMENTE A LOS HECHOS QUE NECESITABA COMPARTIR CON ELLOS, QUE ERAN ESTOS:

—ENCONTRÉ UN MENSAJE CIFRADO EN LA DRAGA, PERO NO LE HABLÉ A NADIE DE ÉL. (TÉCNICAMENTE, ES CIERTO).

—EL MENSAJE SE HA PERDIDO, ASÍ QUE NO PUEDO ENSEÑÁRSELO A NADIE. (ESTO ES UNA DEFORMACIÓN DE LA REALIDAD, A MENOS QUE "BAJO MI COLCHÓN" SE CONSIDERE SINÓNIMO DE PERDIDO, PERO ES QUE NO PUEDO MOSTRARLE EL ACERTIJO DE LA

CALAVERA A NADIE. DEBO MANTENERLO A BUEN
RECAUDO).

—LA SEGUNDA PARTE DEL MENSAJE ESTABA
ESCONDIDA EN PORTLAND, Y POR ESO TUVE QUE
IR ALLÍ. PARECÍA IMPORTANTE. (DE NUEVO,
TÉCNICAMENTE CIERTO).

—ENCONTRÉ LO QUE HABÍA IDO A BUSCAR Y
REGRESÉ A DONDE HABÍA EMPEZADO: A SKELETON
CREEK.

—LAS TIBIAS CRUZADAS ES UNA ORGANIZACIÓN MÁS
ANTIGUA Y MISTERIOSA DE LO QUE NADIE IMAGINABA.
ROBABAN COSAS Y LAS ESCONDÍAN. CREO QUE
PUEDO HABER ENCONTRADO UNA DE ESAS COSAS. (NO
ENTRÉ EN DETALLES SOBRE LAS TIBIAS CRUZADAS.
HABÍA MÁS QUE AVERIGUAR, Y NO QUERÍA QUE NADIE
INTENTARA DETENERME).

MI PADRE MOSTRÓ CURIOSIDAD POR MUCHO DE LO
QUE HABÍA DICHO, PERO SOBRE TODO SINTIÓ INTERÉS POR
UNA COSA.

—¿QUÉ SIGNIFICA QUE HAS <u>ENCONTRADO</u> ALGO?
YO DIRÍA QUE ESTABA PENSANDO: "<u>LA ÚLTIMA
VEZ QUE MI HIJO DESCUBRIÓ ALGO, ESE ALGO ACABÓ</u>

VALIENDO CUARENTA MILLONES DE DÓLARES". A LO MEJOR ESTABA PENSANDO EN AMPLIAR LA TIENDA, NO LO SÉ, PERO SU TONO HABÍA CAMBIADO. RYAN MCCRAY, EL CHICO QUE HABÍA SALVADO AL PUEBLO DE LA RUINA, HABÍA ENCONTRADO ALGO MÁS. ESO PODRÍA SER BUENO.

ERAN LAS 10.40 DE LA NOCHE, AUNQUE YO CONTINUÉ IGUALMENTE PARA PONER LAS COSAS EN MARCHA.

—TENDREMOS QUE HABLAR CON GLADYS MORGAN.

—¿QUÉ DIANTRES QUIERES DE ELLA? —ME PREGUNTÓ MI MADRE.

—ELLA TIENE LAS LLAVES DE LA BIBLIOTECA Y YO NECESITO ENTRAR ALLÍ.

MI PADRE YA HABÍA SACADO SU TELÉFONO MÓVIL, MIRÁNDOME EN PLAN "¿QUÉ MÁS NECESITAS, HIJO? ¿PUEDO TRAERTE UNA COCA-COLA?". FUE EXTRAÑO, PERO ESO ME DIO LA LIBERTAD DE IR DE VERDAD A POR UNA.

—ME HARÁN FALTA UNA PALANCA Y EL MARTILLO MÁS GRANDE QUE PUEDAS ENCONTRAR. Y QUIZÁ TAMBIÉN SEA ÚTIL UN HACHA.

—CIELO, TRÁELE UN HACHA AL CHICO —DIJO MI PADRE.

Acto seguido buscó en la pequeña guía telefónica de Skeleton Creek (en realidad es un folleto) y marcó el número particular de Gladys. Mi padre tuvo que apartarse el teléfono de la oreja, e incluso yo pude oírla gritar:

—¿Quién demonios me llama en plena noche?

Recorrimos Main Street cargados con las herramientas que íbamos a necesitar: yo llevaba el hacha; mi madre, la palanca; y mi padre, un martillo. Debíamos de parecer una banda en busca de bronca. Me imaginé que caminábamos a cámara lenta, como en el tráiler de una película, lo cual me hizo sonreír.

Si a Gladys Morgan le había preocupado nuestra llamada, al vernos llegar con aquellas armas de destrucción se quedó absolutamente desquiciada de inquietud.

—¡No vais a entrar aquí con un hacha y un martillo gigante! ¡Olvidadlo!

En los escalones de acceso a la biblioteca llegó el momento de revelar parte de la verdad.

—Gladys —le dije—, su biblioteca alberga algo muy importante. Lleva ahí muchísimo tiempo,

DESDE ANTES DE QUE LLEGASE USTED, Y CREO QUE SE ALEGRARÁ SI ME PERMITE LEVANTAR PARTE DEL SUELO.

GLADYS BLOQUEÓ LA PUERTA CON SU CUERPO Y MIRÓ A MI PADRE COMO SI SU HIJO HUBIESE PERDIDO LA CHAVETA. NO PUDIMOS SEPARARLA DE LA PUERTA HASTA QUE MI PADRE LLAMÓ AL ALCALDE, CONOCIDO POR SER UN AVE NOCTURNA, PARA CONTARLE LO QUE SUCEDÍA. ES POSIBLE QUE BLAKE SEA LA PERSONA MÁS OPORTUNISTA QUE CONOZCO, Y LA IDEA DE QUE PODÍA HABER ALGO VALIOSO ESCONDIDO EN LA BIBLIOTECA DE GLADYS ERA LO ÚNICO QUE NECESITABA OÍR. EL EDIFICIO ES PROPIEDAD DEL MUNICIPIO; ÉL TIENE SUS PROPIAS LLAVES, Y LLEGÓ EN MENOS DE CINCO MINUTOS.

GLADYS SE QUEDÓ ESPERANDO EN LOS ESCALONES DE ACCESO, DEMASIADO AFLIGIDA PARA MIRAR Y CONSOLADA POR MI MADRE, MIENTRAS EL HACHA SE ABATÍA SOBRE EL SUELO. A MI PADRE SE LE DA TAN BIEN COMO A CUALQUIERA DESTROZAR COSAS, ASÍ QUE SE ENCARGÓ RÁPIDAMENTE DE LOS VIEJOS TABLONES. EN CUANTO HUBO UN AGUJERO EN MEDIO DE LA PEQUEÑA SALA, EL ALCALDE EMPEZÓ A TRABAJAR CON LA PALANCA, ALZANDO TABLA TRAS TABLA. CUANDO

LA ABERTURA ALCANZÓ CASI UN METRO Y MEDIO DE DIÁMETRO, TODOS NOS PUSIMOS DE RODILLAS PARA ASOMARNOS AL INTERIOR.

ALLÍ ABAJO HABÍA UN BAÚL GIGANTESCO, DEMASIADO GRANDE PARA QUE UNA SOLA PERSONA LO SACARA, PERO LA ADRENALINA CORRÍA POR NUESTRAS VENAS, DE MODO QUE EL ALCALDE Y EL PROPIETARIO DE LA TIENDA DE PESCA DE SKELETON CREEK LO IZARON EN UN ABRIR Y CERRAR DE OJOS.

CUANDO LO ABRIERON, SUS CARAS REFLEJARON UNA GRAN DECEPCIÓN. MI PADRE ME MIRÓ COMO SI HUBIERA LLEVADO A LA QUIEBRA A LA FAMILIA. EL ALCALDE PALIDECIÓ. NO SOLO HABÍA DESTROZADO UN SUELO ESTUPENDO, SINO QUE CASI CON TODA SEGURIDAD HABÍA PROVOCADO LA IRA DE LA GRUÑONA BIBLIOTECARIA LOCAL, UN ERROR TREMENDO.

FUE GLADYS QUIEN ME SALVÓ.

SAQUÉ UN SOBRE DE MI BOLSILLO, DEL MISMO TAMAÑO, FORMA Y COLOR QUE EL QUE HABÍA ENCONTRADO EN LA DRAGA. SIN EMBARGO, ESTE HABÍA ESTADO ESCONDIDO EN LOS TÚNELES DE PORTLAND DESDE QUIÉN SABE CUÁNDO. EXTRAJE UNA TARJETA DEL SOBRE Y SE LA MOSTRÉ A GLADYS.

Una X señalaba un punto del suelo de la biblioteca municipal, con las palabras:

Biblioteca Jefferson, 287 volúmenes.

Gladys Morgan miró la tarjeta, luego el baúl de libros y luego la tarjeta otra vez.

Si no la conociera, habría jurado que estuvo a punto de desmayarse y caer por el agujero que acabábamos de abrir en el suelo.

Sacó uno de los libros —en perfectas condiciones— y luego otro, y otro, deslizando sus curtidos dedos por el lomo de los ejemplares.

El alcalde, percibiendo que no todo estaba perdido, se aventuró a hacer una pregunta:

—¿Vas a darme un puñetazo, Gladys Morgan?

Ella no respondió. De hecho, no recuerdo cuánto tiempo permaneció callada, pero finalmente rompió su silencio y sonrió como jamás la había visto sonreír. Era la sonrisa de una persona que ama los libros y ha encontrado un insólito e inestimable tesoro de palabras.

Las Tibias Cruzadas habían intentado quemar hasta los cimientos la casa de Jefferson. Habían

INTENTADO LLEVARLO A LA BANCARROTA MÁS DE UNA VEZ. AUN ASÍ, NO LO DESTRUYERON. SIN EMBARGO, SABÍAN QUE HABÍA UNA COSA QUE ÉL AMABA MÁS QUE NADA EN EL MUNDO: LOS LIBROS. LA BIBLIOTECA JEFFERSON ACABÓ CONVIRTIÉNDOSE EN LA BIBLIOTECA DE LA NACIÓN, EL INICIO DE LA BIBLIOTECA DEL CONGRESO. PERO HASTA LA FECHA —CASI DOSCIENTOS AÑOS DESPUÉS— SE DESCONOCÍA EL PARADERO DE 287 EJEMPLARES DE ESA BIBLIOTECA. LOS LIBROS MÁS VALIOSOS DE AQUELLA COLECCIÓN DE 6.487 VOLÚMENES JAMÁS SE HABÍAN ENCONTRADO.

HASTA AHORA.

SARAH Y YO HABÍAMOS LOCALIZADO LA COLECCIÓN DE LIBROS MÁS EXCEPCIONAL DEL PAÍS —LAS OBRAS PERDIDAS DE LA BIBLIOTECA DE THOMAS JEFFERSON—, OCULTA DEBAJO DE NUESTRA HUMILDE BIBLIOTECA DURANTE TODO ESTE TIEMPO.

NO HABRÉIS VISTO UNA BIBLIOTECARIA MÁS FELIZ EN VUESTRA VIDA.

LUNES, 4 DE JULIO, 12.14 P.M.

¿Podría haber un día mejor para revelar nuestro descubrimiento al resto del mundo? No creo. El Día de la Independencia, nuestro alcalde convocó una rueda de prensa en las escaleras de la biblioteca municipal. Tenía a Gladys a un lado y a mí al otro, mientras las cámaras grababan. Skeleton Creek no solo albergaba una draga embrujada y llena de oro, sino que también era el lugar en el que había descansado la colección de libros más buscada de toda la nación. ¿Cuál era su valor? Incalculable, respondió entusiasmado Blake.

Los libros serían devueltos a la Biblioteca del Congreso, y jamás se rellenaría el agujero del suelo de nuestra pintoresca biblioteca. El hacha que cortó y la palanca que alzó se quedarían justo donde se habían usado. Con el tiempo, se convertirían en algo tan importante como la Campana de la Libertad o la Ruta de Oregón. Una atracción turística que toda familia debería ver al menos una vez en la vida.

Blake sabe dar empaque a cualquier cosa, lo que supongo que es un buen rasgo en un alcalde. Tuve la sensación de que superaría las próximas elecciones sin mayores problemas.

Yo me sentía mal por el suelo de Gladys, pero a ella parecía no importarle. Pronto trasladarían la biblioteca a algún otro sitio y le concederían un presupuesto auténtico para libros. Puede que tuviésemos incluso audiolibros y un ordenador, lo cual, debo admitirlo, hizo que yo también me sintiera bastante bien.

Solo había una cosa que empañaba mi felicidad mientras la gente se amontonaba en las escaleras para estrecharme la mano. Sí, Sarah y yo habíamos resuelto un gran misterio bajo las narices de nuestros padres. Y era cierto que habíamos devuelto al mundo algo que llevaba perdido mucho tiempo. Pero eso no cambiaba el hecho de que Sarah tendría que regresar a su casa dentro de unos días. No cambiaba el hecho de que, aquella noche en los túneles de Portland, el fantasma de Joe Bush me había dado un sobre más. Era un sobre negro, viejo y desgastado por los bordes.

¿Qué contenía? Otro enigma.

Solo que esta vez no era el Acertijo de la Calavera.

En lugar de la calavera había un cuervo negro.

Habíamos enfurecido al Cuervo, fuera quien fuera o fuese lo que fuese.

Había cinco nuevos lugares a los que ir, ninguno de los cuales había averiguado todavía, y Sarah iba a tener que visitarlos en su viaje de vuelta a Boston. Esa era la única forma.

Sarah se encontraría con el fantasma del viejo Joe Bush ahí fuera.

Se encontraría con el Cuervo ahí fuera.

Y desentrañaría el último secreto de las Tibias Cruzadas.

¿Mi teoría? Sea lo que sea, está debajo de nuestras narices. Al final, todos los caminos conducen a Skeleton Creek, estoy seguro de eso.

Pero ¿cuál es la parte más aterradora de todo esto, la que me provocará pesadillas durante semanas?

Yo sé quién era el Cuervo, y sé qué llevaba siempre encima.

Lo comprendí la noche de mi llegada, yendo hacia la biblioteca con mis padres, cargado con un hacha que sacaría a la luz el pasado.

—Fitz no llegó a aparecer para la excursión guiada —me informó mi padre mientras caminábamos—. Se rajó en el último segundo y me dejó en la estacada. Han sido los dos días más largos de mi vida, intentando guiar a cuatro pescadores yo solo.

¿Pudo haber sido Fitz el que estaba tras mi ventana la noche anterior a mi partida, observándome, preguntándose adónde me iba al día siguiente? En cuanto mi padre me contó lo de Fitz, solo pude pensar en el olor. El olor a aceite quemado durante todo el camino hasta Portland. Y entonces lo supe: fue Fitz quien puso el móvil con GPS en la guantera. (Les había preguntado a mis padres, y no tenían ni idea de qué estaba hablando). Él me siguió desde el pueblo con aquella vieja moto suya. Era ella la que olía, no el trasto de mi madre. Gracias a

DIOS QUE LO PERDÍ AL APAGAR AQUEL MÓVIL, PORQUE,
DE NO HABERLO HECHO, QUIÉN SABE QUÉ PODRÍA HABER
OCURRIDO EN LOS TÚNELES.

A LO MEJOR NO HABRÍA LOGRADO SALIR DE ALLÍ
VIVO.

FUI EN MI BICI HASTA LA CARAVANA DE FITZ, AUNQUE SABÍA QUE NO ENCONTRARÍA A NADIE EN CASA. LA MOTO HABÍA DESAPARECIDO, AL IGUAL QUE LA CAMIONETA QUE EL PADRE DE FITZ USABA PARA SACAR LA MADERA DEL BOSQUE. EL PENOSO Y PEQUEÑO REMOLQUE ESTABA ABANDONADO, PERO EN LA ESCALERILLA HABÍA UNA CAJA DE MOSCAS, LA QUE FITZ LLEVABA SIEMPRE EN SU CHALECO DE PESCADOR. LA ABRÍ Y ENCONTRÉ UNA NOTA EN SU INTERIOR.

Ryan:

Quizá volvamos a vernos otra vez, aunque lo dudo. Mi padre me pidió que te vigilara. No es alguien a quien puedas decirle que no. Se suponía que debía averiguar adónde ibas. Se supone que debía quitarte lo que encontraras y entregárselo a mi padre, pero acabé perdiéndote. Mi moto no es tan rápida como el monovolumen de tu madre. Al final, puede que no saber adónde ibas haya sido algo bueno.

Sin embargo, mi padre se puso furioso. _Realmente_ furioso.

Dice que vamos a marcharnos en plena noche y que no vamos a regresar nunca.

Dice que no he estado a la altura del apellido familiar.

Mira, Ryan, tú no conoces a mi padre. No es un buen tipo.

Creo que lo has sacado de quicio.

Ten cuidado. Si puedo ayudarte en algo, lo haré. Encontraré una manera de seguir en contacto contigo.

No dejes de hacer moscas... Mejorarás. Solo se necesita práctica.

Fitz

Mi padre no era el único que llevaba un hacha. Había cierto hombre de las montañas, un solitario, un leñador. El padre del único amigo que yo tenía en el pueblo.

Un individuo que se llama a sí mismo el Cuervo.

Los tres últimos miembros de las Tibias Cruzadas que estaban en guerra: el Apóstol, Henry, el Cuervo.

Uno de ellos, muerto; otro, chiflado; otro, tras mis pasos.

Tres tesoros escondidos: el oro, los libros de Jefferson, ¿y?

Ojalá pudiera decir que conozco las respuestas, pero no es así.

Volví en mi bici a Skeleton Creek, con la caja de moscas de Fitz en el bolsillo de la camisa, pensando en lo lejos que estoy de hallarme a salvo.

Mi aventura todavía no ha terminado.

SARAHFINCHER.ES
CONTRASEÑA:
SEÑORSMITHERS

TODAVÍA HAY SECRETOS,
Y UNA AMENAZANTE FIGURA
EN EL CAMINO DE RYAN Y SARAH,
PERO EL FINAL SE ACERCA...

SI TE ATREVES A DESCUBRIRLO, NO TE
PIERDAS "EL CUERVO",
EL CUARTO LIBRO DE LA SERIE
SKELETON CREEK.

QUEDAS ADVERTIDO.

Patrick Carman nació en 1966 en Salem, Oregón, Estados Unidos. Se licenció en Económicas, y después de vivir en Portland se estableció en Walla Walla, Washington. Antes de dedicarse por completo a escribir (una afición que descubrió cuando empezó a contarles cuentos a sus hijas) trabajó en el campo de la publicidad, del diseño de juegos y de la tecnología. Algunos de sus autores favoritos son Tolkien, Edgar Allan Poe, Dickens y Steinbeck. Invierte gran parte de su tiempo libre en el desarrollo de programas sociales.

Otros títulos de Patrick Carman

La Casa del Poder

Todas las noches, Edgar trepa en secreto por las escarpadas paredes que separan los tres niveles en los que se estructura Atherton, el planeta en el que vive. Gracias a su habilidad para escalar, Edgar descubrirá muchas cosas: que los tres mundos de Atherton se están hundiendo, lo cual acabará con el estricto orden establecido hasta entonces; que Atherton no es lo que parece, y que algo completamente inimaginable le espera: el secreto de su origen.

Ríos de fuego

Poco a poco, los tres mundos de Atherton se están convirtiendo en uno. Los seres humanos y las monstruosas criaturas que habitan el satélite, antes separados por enormes acantilados, comparten ahora un mismo territorio que resulta cada vez más peligroso. Pero, además, alguien ha entrado en el corazón de Atherton y ha abierto la puerta de los secretos más tenebrosos del doctor Harding, el científico loco que creó Atherton y que está más cerca de lo que Edgar imagina...

El planeta Oscuro

Cuando Edgar averigua cómo ir desde Atherton hasta el planeta Oscuro, no se lo piensa dos veces y emprende un viaje que le descubre un mundo lleno de peligros: en la Tierra el mar está contaminado, una niebla tóxica invade bosques plagados de monstruos mutantes, y los niños trabajan como esclavos en el tétrico Silo. En este siniestro lugar, sin embargo, a Edgar le aguarda la obra inacabada del doctor Harding, cuyo secreto deberá desentrañar para completar el espectacular plan del científico y revelar el auténtico propósito de la existencia de Atherton.